Disney

みんなが知らない
眠れる森の美女

カラスの子ども　マレフィセント

著／セレナ・ヴァレンティーノ
訳／岡田好惠

JN167836

講談社

もくじ

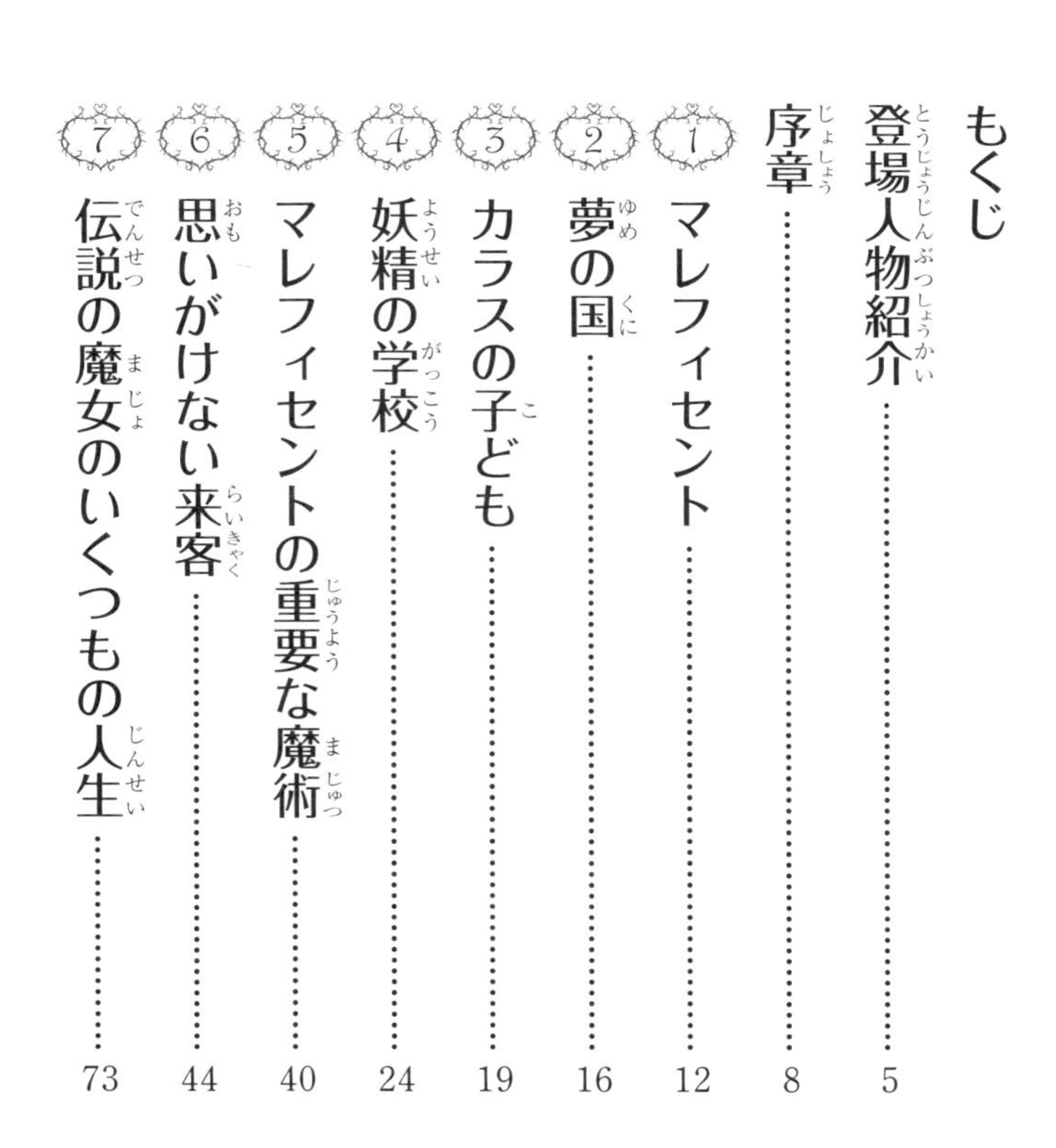

登場人物紹介

マレフィセント　邪悪な魔女。カラスに育てられるが、後に伝説の魔女が養母になる。妖精として生まれたが、ほかの妖精たちからは、怪物呼ばわりをされる。

オーロラ姫　十六歳の誕生日に、マレフィセントの呪いによって眠りに落ちる。今は夢の国にいて、鏡を通して、過去と現在を見ることができる。

伝説の魔女　最も高位の妖精。何度も生まれ変わり、魔力を失っていた時期は、乳母としてモーニングスター城のチューリップ姫に仕えている。妖精学校の校長を務めていた時期はマレフィセントの養母となり、我が子として愛し、世話をしていた。

フェアリー・ゴッドマザー　伝説の魔女の妹。姉とは性格がまったく違い、気取りやで自信過剰。妖精学校の副校長で、栄誉ある精鋭クラスを受けもっている。マレフィセントが学校に通うようになると、ことごとく成長の芽を摘み取る。

奇妙な三姉妹（ルシンダ、マーサ、ルビー）　とびぬけて強い力をもつ魔女の三姉妹。三人はそっくりで、ルシンダがほかのふたりをしきっている。アースラを殺し、力つきて夢の国に来た三人は、自分たちがおかした邪悪な行為の罰を受けている。

キルケ　奇妙な三姉妹の妹。姉たちを目ざめさせる呪文をさがしている。

三人の妖精（フローラ、フォーナ、メリーウェザー）　オーロラ姫をマレフィセントの呪いから守るために、ローズと呼んで、十六年間守りつづける。妖精学校に通っていたときは、マレフィセントがクラスにいられないように邪魔をする。

チューリップ姫　野獣王子に失恋し、崖から身投げするほど気の弱い女性だったが、優れた、頼もしい女性に成長する。

フィリップ王子　自分がオーロラ姫と婚約しているとは知らずに、姫と恋に落ちる。

ポッピンジェイ王子　チューリップ姫と婚約している隣国の王子。

オベロン　妖精たちの後ろ盾となっている巨木族の長で、偉大なる妖精の王。

DISNEY

みんなが知らない
眠れる森の美女

カラスの子ども　マレフィセント

序章

「鏡よ、魔法の鏡！　ルシンダを！　マーサを！　ルビーを出せえええ！」

魔城の塔の一室に、マレフィセントの金切り声が響きわたります。

妖精の国の果て、暗雲たれこめる夜空には稲妻が走り、雷鳴がとどろき――。

やがて鏡の中に、奇妙な三姉妹の後ろ姿がぼんやりと浮かんできました。

「待って！　あんたたち、どこにいるの⁉　そこはどこ？」

マレフィセントの問いかけに、ルシンダがふり返り、弱々しく答えます。

「ここは〈夢の国〉。あたしたちはアースラを殺し、力つきて、ここへ来たの。オーロラはステファン城にいる。ここまで連れてくれば、あとは手伝ってあげるから。」

次の瞬間、三姉妹の姿は鏡の中に消えました。

「このーーぼろ鏡め！」

マレフィセントは、三姉妹からもらった魔法の鏡を、杖でたたき割りました。

杖の先が緑色に光りはじめます。マレフィセントは杖で石のゆかをどんとつき、

（炎よ燃えろ！）

と命じました。とたんに、はるか遠くのステファン城が、がたがたとゆれ、オーロラ姫の部屋の暖炉に、炎がぱっと燃えたちました。炎の向こうでは、オーロラ姫がナイトテーブルにうつぶせになって泣いています。

（オーロラは、生まれたときから隣国の王子フィリップと婚約していることを知らない。互いが真実の愛で結ばれた仲であることも。なんと好都合なことよ！）

マレフィセントは炎を消す呪文を唱え、次に別の呪文を口にしました。

オーロラ姫の部屋の暖炉から、かすかな煙が上がります。マレフィセントは黄色い目をぎらりと光らせ、魔城からまたたくまに、ステファン王のお城へ移動しました。

オーロラ姫の部屋に、ぶきみな光の球が現れ、姫の青白い顔に緑の影を落とします。姫はふらふらと立ち上がり、緑の光の球について歩きだしました。

するとマレフィセントの耳に、「ローズ、ローズ。」と姫を呼ぶ、三人の妖精の声が飛び込んできました。マレフィセントはさっと手をふって、魔法の通路から三人の妖精たちをしめだしました。

オーロラ姫があやしい光の球に操られるまま、ステファン城の一番高い塔の上までのぼると、マレフィセントは緑に光る球を糸車に変え、呪いの歌を口ずさみます。

「♪回れよ回れ、糸車。
永久の眠りの、呪いをつむげ……。」

オーロラ姫が、糸車の針にそっと手をふれ――。

黒く長いガウンをまとった、マレフィセントの足元に倒れふしました。

三人の妖精があわてて、塔の上まで飛んでいきます。

「わたしに勝てると思うのか！〈悪の女王〉の、このわたしに！」

マレフィセントは真っ赤なくちびるをゆがめて、三人をあざ笑いました。

今から十六年前。ステファン王夫妻は、オーロラ姫が生まれた祝いの席に、マレフィセントを招待するのを忘れたのです。怒ったマレフィセントは腹いせに、姫は十六歳の誕生日に、糸車の針で指をさして死ぬ、という呪いをかけました。ところが、その場にいた三人の妖精のひとりが、死の呪いを永久の眠りの呪いに変えたのです。

三人はオーロラ姫を国王夫妻からあずかり、「ローズ」という名にして、森の奥の小さな小屋で育てることにしました。ところが、十六歳でお城に帰ったその日、姫はマレフィセントの呪いに落ちたのです。三人の妖精は息をのみました。

目の前の冷たい石のゆかの上には、美しいローズが力なく横たわる姿。

その横には、三人が贈った王女のティアラが、むなしくころがっています。

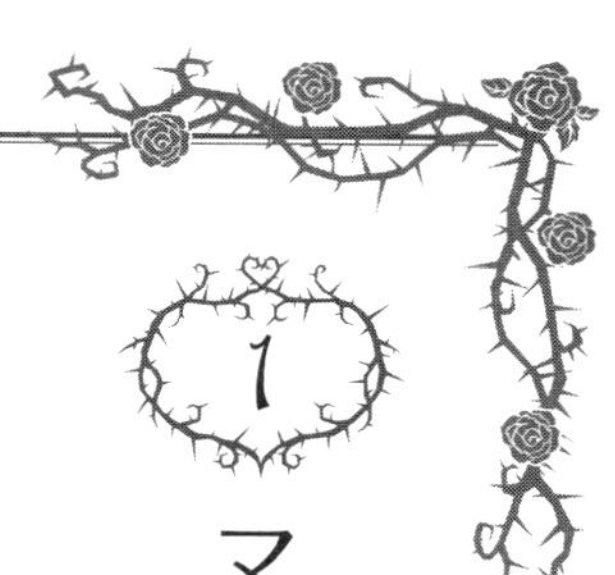

1 マレフィセント

マレフィセントは今、カラスの群れに守られながら、夜明け前の森をつき進んでいます。薄闇の中、木々のこずえはぶきみにゆれ、枝先が手のように動きだしました。

森はマレフィセントの敵。木も草も土も、むかしマレフィセントに焼きつくされた恨みを、けっして忘れていないのです。

マレフィセントはすかさず、指先から緑の炎を発射しました。つるはたちまち幹にもどり、枝々はぴたりと動きを止めます。

（森をこわがらせるなら、炎が一番。）

マレフィセントはにんまり笑い、次の瞬間、気を引き締めました。奇妙な三姉妹が

眠るモーニングスター城までは、まだまだ遠い道のりが待っています。

今から数日前。マレフィセントはオーロラ姫を、ステファン城の塔の上にいざない、糸車の針に指をふれさせました。姫は、その場で眠りに落ちました。

マレフィセントは次に、姫が住んでいた小屋を訪れたフィリップ王子を、手下に捕らえさせ、魔城の地下牢に閉じ込めました。

まずは一安心。それでも姫を永遠に眠らせるには、とびぬけて強い力をもつ魔女たちの手助けが必要なのです。マレフィセントはそこで、モーニングスター城にいる奇妙な三姉妹に、協力をたのむことに決めました。そして、

「この森を魔の炎で焼きつくせば、すぐにもモーニングスター城に着くだろう。だが、歩くことにするよ。」

と、肩にとまった大ガラスのディアブロに告げました。

アースラが死んだばかり。三姉妹の心は今、衝撃と悲しみでいっぱいでしょう。

たのみごとをするなら、少し時間をおくほうがいいと思ったのです。

マレフィセントは前から、アースラが奇妙な三姉妹を裏切るに違いないと思っていたのです。そこで三姉妹に警告の手紙を書き、カラスに届けさせました。三姉妹とはずっと疎遠になっていました。けれども、かつては親友だったのです。

そう思ったとたん、ふしぎなことに、あの三人が、ひどく恋しくなりました。

（いったい、どういうこと？　愛とは、とっくに縁がなくなっているのに！）

マレフィセントの心に、さびしさが波のように広がっていきました。

そして今、ルシンダとマーサとルビーの三姉妹は、夢の国の住民となったのです。

（夢の国が、あの三人にかきまわされる！）

マレフィセントはぞっとしました。三人は、オーロラ姫の夢の中にも現れるのでしょうか？　しかも三人は、最近ますます、奇妙なふるまいをするようになっているのです。すると――。

「三人の気持ち、わかるわ。愛する家族が消えたのよ。心配で、変にもなりますよ。」

マレフィセントの心の中に、老女王グリムヒルデの声がよみがえりました。

グリムヒルデは今、実の父が作った鏡の中に住み、死のベールの向こうから白雪姫と家族を必死で守っています。グリムヒルデの父も同じ鏡に、娘の奴隷として閉じ込められていたのです。それぞれ、実の娘と継娘をいじめた罰として。

（なんと忌まわしい人生だろう！）

マレフィセントは、深くため息をつきました。

三姉妹は、グリムヒルデの怒りを恐れ、白雪姫とその一族にはけっして手出しをしないと約束しました。その結果、諸国の紛争がたえない中、白雪姫の国だけは常に侵略や破壊をのがれて、安泰なのです。

（でも、白雪姫に、三姉妹の手出しが完全に及ばないと言えるだろうか？）

マレフィセントは、ふと思いました。

夢は、妖精と三姉妹の領域なのです。

2 夢の国

夢の国は〝黄金のたそがれ〟の魔法に包まれていました。

そこを訪れる者は、永遠に沈まぬ太陽のやわらかな光の中で、鏡張りの小部屋に導かれます。やがて鏡の魔術に慣れると、外界の景色が見られるようになるのです。

オーロラ姫にとって、魔術は、けっしてなじみのないものではありませんでした。

姫は自分をローズと呼んで育ててくれた三人の「おばさまたち」が、魔力を隠しもっていると、うすうす知っていたのです。夢の国で使える魔術は強いものではないと、

オーロラ姫には、すぐわかりました。

(だって、強い魔法が使えるなら、自分で夢からさめられるはずよ。)

姫の想像どおり、マレフィセントの眠りの呪いは、夢の国の魔術ではとうてい解けるようなものではありませんでした。オーロラ姫はそこで、しばらく夢の国の弱い魔術を使って、外の世界を見ることにしたのです。

八角形の部屋に張り巡らされた鏡には、多くの国の無数の過去と現在が映っています。姫は最初、この部屋も映像も夢かと思いました。そのどちらもが現実だと気づいたとたん、鏡に現れる映像を操る力をもちました。会いたい人を思うと、たちまち、その姿が鏡に現れ、今、どうしているかを見ることができるようになったのです。鏡は姫に、さまざまなことを教えてくれました。たとえば、自分が森で恋に落ちたのは、生まれたときからのいいなずけ、フィリップ王子だということ。王子は今、マレフィセントの魔城の地下牢に閉じ込められていること。そして、「おばさまたち」と呼んでいた三人の妖精が、自分の名前をオーロラからローズと変え、マレフィセントの邪悪な呪いから守ってくれていたことも。

「夢の国で、こんなふうに眠りつづけるのと、誰もが嘘をついている現実の世界で生きるのと、どちらがひどい人生だと思う？」

オーロラ姫がつぶやくと、部屋の天井から、一つの声が降ってきました。

「あたしたちは、知ってるわよ。どっちがひどい人生かねえ。」

オーロラ姫はぎょっとしてふり向き、すべての鏡を、次々とのぞきました。

「こっちよ、オーロラ姫。それとも、ローズと呼んでもらいたい？」

部屋を囲む鏡の一つに、赤いドレスを着た、小さいぼろ人形のような女がひとり、映りました。真っ白い顔、黒いぎょろ目、小さな赤いくちびる。

その両脇の鏡に、この女とそっくりな女がふたり、姿を現しました。

「あたしは、ルシンダ。あたしたちは〈奇妙な三姉妹〉。」

ルシンダが言うと、左右のふたりがつづけました。

「あたしは、マーサ。とうとうみつけたわよ、お姫ちゃん。」

「あたしは、ルビーよ。マレフィセントが、きっとよろこぶわ。」

3 カラスの子ども

マレフィセントが、モーニングスター城にぐんぐん近づいてきます。

崖の上にキルケと並びたつ伝説の魔女は、長らく忘れていた場所へ、思いがもどっていくのを感じていました。マレフィセントが近づくにつれ、伝説の魔女の記憶は鮮明さを増し、心の痛みも増していきました。伝説の魔女の記憶は、マレフィセントとともに築いた記憶でもあるのです。伝説の魔女はキルケに心を開き、自分の心の中を残らず見せました。

そのむかし、幼いマレフィセントは、妖精の国の、カラスたちが鳴きわめく大木の

〝うろ〟に捨てられていました。青緑色の肌の、やせて無防備な赤ん坊。小さな頭から は、こぶのある角が二本、生えかけています。普通の妖精のような愛らしさは、どこにも見うけられません。

妖精たちは、このぶきみな子どもを、鬼の子だ、怪物だ、つばさがない、はては、カラスの魔術で生まれた子どもかもしれないと恐れ、ひそかに、破壊と戦闘を司る神マルスと悪魔サタンにちなんで「マレフィセント」と呼びました。

カラスたちは、マレフィセントをだいじに育てました。あちこちの妖精の食卓から食べ物を盗んではあたえ、ときには物干し綱から盗んできた服を着せました。

そんなある日、今やチューリップ姫の乳母となった〝伝説の魔女〟が、妖精学校の校長になるため、妖精の国に帰ってきたのです。

「ただいま！ なつかしい故郷！」

伝説の魔女は明るい青い目を輝かせて、夕暮れの空を見上げました。

そして、ふと目を移すと、ふしぎな姿の小さな妖精が、すぐそばのうろのある大木にしがみついていたのです。四歳になったマレフィセントは、相変わらず、ごつごつとがった姿のままでした。それでも心の中は、優美な姿の妖精たちと、ちっとも変わりなかったのです。伝説の魔女はひと目で、そう見抜きました。そこで、

「おやまあ、あなたはこんなところで、何をしているの？」

と、たずねました。女の子は目を伏せ、何も言いません。それまで、カラス以外と、話をしたことがないのです。

「ねえ、教えてちょうだいな。あなたはどこの子？」

伝説の魔女にやさしくうながされ、マレフィセントは、こんどこそ返事をしようとしました。けれども口から出てくるのは、しゃがれたカラスの鳴き声ばかりです。

（なんてこと！　この子は、人間の声を使ったことがないんだわ！）

伝説の魔女の心は、怒りと悲しみと同情で、張り裂けそうになりました。

マレフィセントは、自分が人間の声をもっていることさえ知らなかったのです。

伝説の魔女は手をふり、魔術で幼い妖精が人間の声を使えるようにすると、

「さあ、話してごらんなさい。」

励ますように言いました。小さなマレフィセントは、ゆっくり話しはじめました。

「わたし、マレフィセント。妖精たちから、そう、呼ばれてる。」

（まあ、なんて心ない名前を！）

伝説の魔女は必死で、ほかの妖精たちへの怒りを抑え、この小さな女の子にやさしくほほえみかけました。

「で、マレフィセント。ご両親は？」

「わたし、ここに住んでるの。カラスたちが家族。」

木の枝からカラスたちが、心配そうにこちらを見ています。この子はどうやら、ほんとうのことを言っているようです。

「では、あたしの家にいらっしゃい。あたしがあなたの面倒をみます。」

伝説の魔女が言うと、マレフィセントは、首を横にふりました。

「いやよ。わたし、カラスたちから離れたくない。」

「では、カラスもいっしょに行きましょう！　それでどう？」

マレフィセントはカラスたちを見上げ、ゆっくり、うなずきました。

その晩から、マレフィセントの運命は一変しました。

伝説の魔女は、あわれなマレフィセントにせいいっぱいの愛を注ごうと心に決めたのです。魔術で、大きな家にマレフィセントのための部屋や服やおもちゃを用意し、マレフィセントのカラスたちが巣を作っていた大木を、前庭にもってきました。カラスの木のこずえ近くには、マレフィセントがいつでもカラスたちを訪ねられるようにと、大きなツリーハウスも作ってやりました。家の窓はいつでも開け放ち、カラスたちが勝手に出入りできるようにしました。カラスたちは、しばしば、開け放たれた窓から飛び込んできては、幼いマレフィセントがまともに面倒をみてもらっているかを確かめていきました。伝説の魔女は、今までひとりぼっちだったマレフィセントに、家と家族をあたえられたことを、心からよろこびました。

4 妖精の学校

マレフィセントが、伝説の魔女と暮らしはじめて数年後。

「ねえ、マレフィセント。あなたも、そろそろ妖精の学校に入学しなくてはね。」

ある朝、伝説の魔女は言いました。

「いやだ、わたし、妖精じゃないもん！」

マレフィセントが言い返すと、

「いいえ、あなたは、妖精ですよ。どうして、自分は妖精ではないと思うの？」

伝説の魔女はマレフィセントをみつめました。

「……知～らない！」

「知らない？　ほら、ごらん。この世に、あなたが知らないことは山ほどあるのよ。それを学ぶには、学校に行くのが一番。」

伝説の魔女は、やさしくつづけました。

「背中の羽をひらひらさせて飛ぶ妖精たちを、こわがる必要はないの。もしほかの妖精たちに、いじわるを言われたら、あたしがすぐ助けに行ってあげる。」

「ほんとに？」

「ええ、もちろん。これでも、あたしは妖精の学校の校長ですからね。」

マレフィセントはこうして、妖精の学校へ通いはじめました。

授業はとてもかんたん。マレフィセントはたちまち、クラスで一番になります。

でも先生たちはマレフィセントをきらって、面倒をみようともしませんでした。飛び方の授業をするときは、羽のないマレフィセントをひとりで放っておいたのです。

マレフィセントはそんなとき、家の本棚からもちだした、むずかしい魔術の本を読みふけりました。放課後はさっさと家に帰り、ツリーハウスにこもります。

マレフィセントのツリーハウスには、カラスたちが次々といろいろな物を運んできます。色あざやかなガラスのかけら、豪華なボタンにきらめくビーズ。魔術に使う薬草や羽根、美しいティーカップ、黄金色のベル……。

マレフィセントはカラスたちに、本で読んだ魔術の知識を伝え、やがて自分に心を開いてみせることを教えました。すると、旅から帰ってきたカラスたちの目をのぞくだけで、彼らが見てきた風景やできごとが見えるようになったのです。幼いマレフィセントは、果てしなく広がる空の下には無数の国があり、カラスがほかの動物たちと話しては、情報を集めてくることも知りました。

(あーあ、学校になんか行きたくない。)

マレフィセントはあくびをし、ため息をつきました。

妖精の学校で教わる魔法はどれもかんたんで、マレフィセントがとっくに使えるものばかりなのです。

朝、学校へ行くと、クラスの妖精たちは必ず、羽をひらひらさせて、ある妖精のところへ飛んでいき、おせじを言うのです。

「メリーウェザー、あなたの羽、きょうは特別、きれいよ！」

「そう？　ありがと。」

「ほんと！　きらきら光ってる。」

マレフィセントの見たところ、メリーウェザーは、ごく平凡なみかけの妖精ですが、勉強がよくできて、どの先生にも気に入られているのです。休み時間には校庭で、ほかの子たちに勉強を教え、ついでに、羽のないマレフィセントをばかにすることも教えているようです。

クラスの妖精たちは、マレフィセントを〝羽なし怪物〟だの、〝鬼の角〟だのと呼んで、のけ者にしました。

ある日の授業中、メリーウェザーの親友のフォーナが手を挙げました。

「はい、フォーナ。何かしら？」

ペタル先生がにっこりきくと、フォーナは立ち上がってこう言ったのです。

「あの、ええと――マレフィセントの角が――ぶきみだし、こわいし、隠してきてほしいなって、みんな――思っているんですけど。」

（先生、なんて答えるかな？）

マレフィセントは、ひとりで薬草を煮つめている大なべから顔を上げ、ペタル先生をみつめました。先生はマレフィセントの鋭いまなざしに、顔を真っ赤にして、

「そうねえ。もし、そうしてくれたら、みんながもっと……授業に集中できるかしら。では、マレフィセントのおうちのかたと、相談してみましょう。」

ペタル先生の返事に、クラス中がくすくす笑いだしました。

そのとき、ふいに校長先生が入ってきたのです――伝説の魔女が！

伝説の魔女は、ペタル先生とクラスの妖精たちをじろりとにらむと、言いました。

「みなさんは、妖精には羽があるのが当たり前と思っていますね。そして、羽のないマレフィセントをのけ者にしている。でも、羽のない妖精だっているのですよ。みなさんは、自分たちの羽が、ひとりで熱心に勉強をしているマレフィセントにとって、

どれほど邪魔か、考えたことがありますか？」

マレフィセントはびっくりしました。伝説の魔女はすべて見ていたのです。

マレフィセントもクラスの妖精たちも、ペタル先生も真っ青になりました。

すると、伝説の魔女は、クラスを見回し、さらに厳しい顔でつづけました。

「みなさん、恥を知りなさい。あなた方は、マレフィセントを〝羽なし怪物〟だの〝鬼の角〟だのと呼んでのけ者にしているようです。けれども、この世には、羽なんか大きらいだ、ぶきみだと思う生き物もいるんですよ。わかりましたか？」

ペタル先生も、クラスのみんなも、しゅんと、うなだれました。

けれども、伝説の魔女が部屋を出たとたん、あちこちで、ささやき声が起こったのです。

「校長先生のお話、わからない！」

「羽は妖精の誇りでしょ？」

「フェアリー・ゴッドマザーも、いつだってそうおっしゃってるわよ。」

「羽のない妖精なんて、妖精の仲間じゃないわよね！」

フェアリー・ゴッドマザーは伝説の魔女の妹。この学校の副校長です。伝説の魔女が妖精の国を留守にしているあいだ、ずっと校長の役目をになっていました。

姉妹は性格がぜんぜん違います。

伝説の魔女は強い魔力が自慢。いっぽう、妹のフェアリー・ゴッドマザーは、美しい羽が自慢で、美しい歌を歌い、〝願いをかなえる妖精を育てるクラス〟と名づけられた、全課程修了後に進める精鋭クラスを受けもっています。それに候補の妖精は、ほとんど決まっているのです。

メリーウェザーと、フローラと、フォーナの三人。

精鋭クラスのわくは毎年三人で、フェアリー・ゴッドマザー自身も、今年の新入生からはたぶん、この三人に決まるでしょうと、早くも公言していました。

マレフィセントは成績が一番なのに、最初から候補に入れていないようです。

マレフィセントのほうも、精鋭クラスなんて興味ないと思っていました。

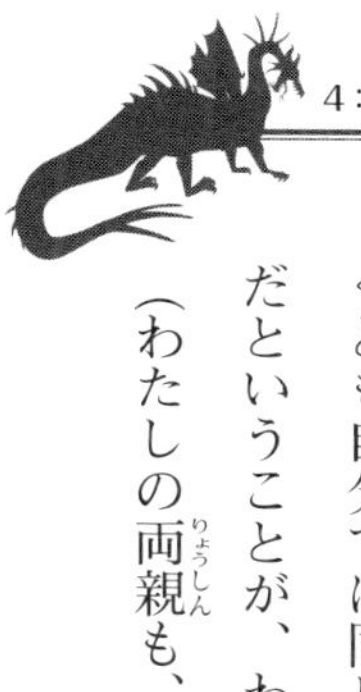

伝説の魔女の足音が遠ざかるにつれ、クラスはますます、騒がしくなりました。

「校長先生ったら、なぜマレフィセントの肩をもつの？」

メリーウェザーが言うと、

「羽なし怪物！　くやしかったら飛んでごらん。」

ひとりの妖精が叫び、別の妖精もマレフィセントをにらんで言いました。

「妖精じゃないのに、なんで、ここにいるのよ！　さっさと黄泉の国に帰れ！」

マレフィセントは、身を固くしてすわっていました。

なんという恐ろしい言葉。なぜ、これほど憎まれなければならないのでしょう？

（わたしのどこが変なの？　妖精の仲間じゃないの？　わたしは悪魔？）

もちろん、マレフィセントは見た目が違うだけで、みんなと同じ妖精でした。少なくとも自分では同じだと思っていました。けれども、ほかの妖精たちの基準では悪魔だということが、わかっていなかったのです。

（わたしの両親も、わたしを悪魔だと思っていたの？　だから、わたしをカラスたちに押しつけておき去りにしたの？　わたしが死ねばいいと思って！）
マレフィセントは思わず悲鳴を上げそうになりました。
そのあいだにも、ほかの妖精たちのあざけりはどんどん激しくなります。
するとマレフィセントは、何かが自分の体の中でふくらむのを感じました。
まるで、自分が体の中からゆっくり燃えはじめるような感じです。
（炎が、体をつき抜ける！）
そう思ったとたん、体中が緑の炎に包まれました。
「きゃあああああああ！」
マレフィセントの耳が、ほかの妖精たちの悲鳴でいっぱいになり、
「うるさい！　自分でも、どうしようもないの！」
と、わめいたとたん、自分がひとりきりでツリーハウスにいるのに気づきました。
（いったい、どういうこと？）
マレフィセントはゆかにすわりこむと、怒りと恐怖にうち震え、生まれて初めて激

しく泣きじゃくりました。ほかの妖精たちのきいきい声が、まだ耳に残っています。

そこへ伝説の魔女が真っ青な顔で飛び込んできました。

「わたし……わたし、そんな……つもりじゃ……なかったのに！」

マレフィセントは、しゃくりあげながら言いました。

「そんなつもりって？　さあ、話してごらんなさい。」

伝説の魔女は、幼いマレフィセントを抱きしめると、うながしました。

「あの子たちを、傷つけるつもりじゃなかった。ほんとうよ！」

伝説の魔女は、マレフィセントの小さな角をなでると、言いました。

「マレフィセント、きいて。あなたは『移動の魔術』をやってのけたのよ。あなたたちの年では、とてもできない、むずかしい魔術を。なんてすばらしいこと！」

「でもクラスの子たちはみんな、きゃあきゃあ悲鳴を上げてたじゃない！」

「そうね。あの妖精たちはみんな、あなたに比べたら、ほんの子ども。すぐ興奮するの。でもあなたは違う。それは自分でも、よく知っているわね。」

伝説の魔女は一瞬、息をつくと、つづけました。

「あなたはあの子たちと違う。あたしはそれをとても誇りに思っているの。もしあなたが、カラスの木のうろに住む、ごく普通の妖精だったら、あたしはたぶん、声もかけずに通り過ぎたでしょうよ。」

「わたしが普通の妖精なら、誰もわたしをあんなところにおき去りにしない！」

マレフィセントの言葉に、伝説の魔女は、深くうなずきました。

「そうでしょうね！　それこそ、あたしがこの国の妖精たちと気が合わない、大きな理由の一つなの。あたしは自分の羽をみせびらかしたりしない。そんなことをしたら、妖精は憎まれ者になることを、よく知っているから。」

マレフィセントはほほえみました。涙はいつしかおさまっています。

マレフィセントは、思わず伝説の魔女を抱きしめ、

「大好きよ！」

と大声で叫びたくなりました。けれども、黙って話のつづきをききました。

　すると、伝説の魔女は言いました。

「妖精たちには、自分たちがどれほど憎たらしい生き物かがわかってないのよ。自分たちは魔法や光や——すてきな物だけでできていると思っているの。たとえば、お砂糖やはちみつのように。あたしの言う意味、わかるわね？」

　マレフィセントは大声で笑いました。

「まあ、珍しい！　あなたの笑い声をきいたのは、今が初めてよ。」

　伝説の魔女はそれから、少し考えると、こう言いました。

「あらまあ！　今、思いだしたわ。」

「何を？　ねえ、何を思いだしたの？」

　マレフィセントがきくと、伝説の魔女はこう答えました。

「あなたが、七歳になったことですよ。七歳に！」

「七歳って、そんなに特別なこと？」

　伝説の魔女は、マレフィセントに、にっこりほほえみかけました。

「妖精にとって、七歳は特別な年齢なの。変わり者の、どちらかといえば魔女に近い妖精や、妖精の魔法や妖精の生き方に満足せず、この世には別の魔術があるとわかっている妖精にはね。」

そして、マレフィセントを抱きしめてつづけました。

「七歳はあなたの冒険の始まりよ。ぜひ、お祝いをしなくては！　その前に、あの移動の魔術を、どうやって成功させたか、教えてちょうだい。いったい、どうやって、あれを覚えたの？　話して！　ああ、マレフィセント！　あなたはほんとうにすばらしい子。あなたは学校で、あたしの本棚からこっそりもちだした本を読んでいたのね。だったら、あたしが、今からもっと、教えてあげましょう。妖精の学校は卒業してよろしい。あなたのその強い心とすばらしい能力を、つまらない授業で、つぶされたくありませんからね。あの子たちには、かんたんな妖精の魔法を練習させ、羽のほめ合いをさせておけばいい。でも、マレフィセント。あなたは、ほんとうの魔術を習うのよ。重要な魔術を。」

重要な魔術！

その一言は、七歳になったマレフィセントの耳の中に響きわたり、小さな心を自信でいっぱいに満たしました。

伝説の魔女はそれからも、マレフィセントに惜しみなく、愛を注ぎつづけました。

マレフィセントはときどき、伝説の魔女の愛の大きさにおののくことがありました。抱きしめられた身を固くすることもありました。けれどもそれは、愛されることに慣れていなかったからなのです。

しかも、マレフィセントは、自分がどれほど伝説の魔女を愛しているかに気づいていませんでした。

「では、七歳になったお祝いに、おいしいケーキを焼きましょう。」

伝説の魔女はにっこりすると、ぱんと手をたたきました。

「そうそう！　その前に、あなたがあの移動の魔術をどんなふうにしてやってのけたか、きかせてちょうだい。ぜひ、今！」

マレフィセントは、伝説の魔女が心からそう言っていることを知っていました。伝説の魔女は、ほかの妖精たちのように、心にもないことは言わないのです。マレフィセントには、伝説の魔女が妖精の仲間とは、とても思えませんでした。

（もしかして、妖精の国で、つらい子ども時代を過ごしたのかな――わたしみたいに。有名なフェアリー・ゴッドマザーのお姉さんなのに、ちっとも似てないし。）

マレフィセントが、ふと思ったとたん、

「さあさあ、そんなことを考えていないで。」

伝説の魔女は、マレフィセントの心を読みとったように言い、

「こう見えても、あたしは〝伝説の魔女〟と呼ばれているんですからね。」

と、胸を張りました。その晩は、マレフィセントの子ども時代で一番すばらしい夜の思い出の一つとなりました。伝説の魔女が焼いてくれたケーキを食べたことも、どうやって移動の魔術を成功させたかを説明したときの、伝説の魔女の驚いた顔を見たことも。

「あれでよかったの、マレフィセント。あなたは間違っていない。もし誰かにひどいことを言われて、怒りが爆発しそうになったら、移動の魔術を使って、まっすぐあなたのツリーハウスに移動しなさい。コツは一心にあたしか、あなたのカラスたちの顔を思い浮かべること。そうすれば知らないうちに、あたしたちといっしょになれるわ。だから、約束して。あたしに言われたとおりにすると。」

「うん、約束する！」

マレフィセントは大きくうなずきながらも、伝説の魔女の心をはかりかねていました。

（その目の色……。何か心配してる？　それとも、困ってる？）

「いいえ、違いますよ。これは誇り。あたしはね、あなたを言葉にできないほど誇りに思っているの。あなたのおかげで、きょうはとても幸せな一日になりました。あたしはほんとうに幸せよ、マレフィセント。」

5 マレフィセントの重要な魔術

こうしてまた何年かが過ぎていきます。伝説の魔女は、マレフィセントの凍りついた心が、しだいに溶けていくのを感じました。マレフィセントも同じです。でもそれが、伝説の魔女の愛の力なのか、それとも、自分の中で育ちつつある、ぶきみな感覚のせいなのかは、わかりませんでした。

激怒したり、深い悲しみにくれると襲われる、燃えるような感覚。

マレフィセントはそのたびに、そんな恐ろしい感覚を心の中から追いだし、魔術の練習に励もうとしました。

そう、七歳の誕生日に、伝説の魔女が言った、〝重要な魔術〟の練習に。

するとあるとき、マレフィセントは、伝説の魔女の本棚に、ルシンダ、マーサ、ルビーの〈奇妙な三姉妹〉が書いた本がずらりと並んでいるのに気づきました。

マレフィセントは、三姉妹の本にすっかり夢中になりました。

中でも、とくに興味深く思ったのは、魔女自身の髪の毛とさまざまな薬草を使う魔術です。まずはそれらをまぜて煮たて、特別大きなウシガエルにのませます。そしてウシガエルに、呪うべき相手の名を教えるのです。ウシガエルは、その人物が眠っているすきに、口から入ってのどに住みつき、〈テレパシー〉で魔女の命令を待つ、というのですが――。

マレフィセントは最初、〈テレパシー〉という言葉の意味がわかりませんでした。けれどもいろいろ調べるうちに、それは伝説の魔女のように、相手の心を読みとり、言葉を使わなくても、意思を通じさせる能力だとわかりました。

三姉妹の本に記された呪文を使えば、呪われた者を思いどおりに操れるのです。魔女はウシガエルを通じて相手の秘密をすべて知ることができるのでした。

ウシガエルは夜、呪われた人が眠っているあいだにのどを抜けだし、昼間知ったことを魔女に報告しにきます。そして朝日がのぼる前に、ふたたび、その人の口の中にもどるのです。呪われた人は、自分ののどの中に何かがいることに気づいているものの、その正体までは、まったくわかりません。

三姉妹の本にはそのほかにも、目をつけた人間のもち物を奪うための、さまざまな呪文が書かれていました。その呪文を唱えれば、ティーカップ、ヘアブラシ、指輪——奪いたい物はなんでも手に入れられるのです。

けれどもマレフィセントは、恐ろしく、おぞましいものに思える黒魔術を実行する気にはなれませんでした。

(黒魔術は、知識としてもっていよう。)

と、マレフィセントは思いました。

そして何より、三姉妹の本にしばしば出てくる、詩のような、おもしろおかしい言い回しにも引かれました。奇妙な三姉妹はたちまち、マレフィセントのお気に入りの

魔女となりました。

知識はマレフィセントの力と自信に変わります。

読破する本が増えるほど、ほかの妖精に対する恐れは薄れていきました。

妖精の学校で、ほかの妖精たちがほうきの柄に魔法をかける方法を習っていると

き、マレフィセントは、本から、自力で貴重な魔法や呪文を学んでいたのです。

それこそ、伝説の魔女が〝重要な魔術〟と呼んだもの。

どれもが、いつか妖精の国を出たときも使えるような魔法や呪文。

どれもが、本物の魔術。

（ああ！　わたしはどんどん、強くなる！）

若いマレフィセントの胸は高鳴りました。

6 思い(おも)がけない来客(らいきゃく)

マレフィセントは、その後(ご)も、伝説(でんせつ)の魔女(まじょ)と暮(く)らしながら、魔術(まじゅつ)の練習(れんしゅう)に励(はげ)みました。たくさん本(ほん)を読(よ)み、妖精(ようせい)の国(くに)とは別(べつ)の国々(くにぐに)を旅(たび)して知識(ちしき)を深(ふか)め、やがて、学校(がっこう)をやめてから九年(ねん)の歳月(さいげつ)が経(た)ちました。マレフィセントはもう、カラスの木(き)のうろから伝説(でんせつ)の魔女(まじょ)が拾(ひろ)い上(あ)げた、あわれな幼(おさな)い妖精(ようせい)ではありません。ほかの妖精(ようせい)たちは、ぜったい認(みと)めませんでしたが、伝説(でんせつ)の魔女(まじょ)が想像(そうぞう)したとおりの、たいへん美(うつく)しい妖精(ようせい)に成長(せいちょう)したのです。

ある晴(は)れた朝(あさ)、マレフィセントと伝説(でんせつ)の魔女(まじょ)はキッチンで仲良(なかよ)くお茶(ちゃ)をのんでいました。すると、マレフィセントがとつぜん、こう言(い)ったのです。

「わたし、妖精学校の試験を受けようと思うの。精鋭クラスの。」

伝説の魔女はびっくりしてききました。

「なんですって⁉　マレフィセント。なぜまた、そんなことを言いだすの！　あなたは、妖精の学校で習うより、何十倍もむずかしい魔術を使えるのに。」

マレフィセントは、胸を張って答えました。

「わたしは、あらゆる形の魔術に興味がある。あのふわふわ飛び回る妖精たちに、学校を途中でやめたと、ばかにされたくない――この二つが理由。そして最近、自力で、炎を使った移動の魔術も完璧にできるようになった。だから、妖精学校の精鋭クラスの試験を受ける資格は、あるはず。」

伝説の魔女は、マレフィセントをみつめました。

「ええ、ええ。じゅうぶんありますとも。でもねえ、あたしはびっくりしているの。あなたがまさか、〈願いをかなえる妖精〉になりたいと思うとは――。」

「どうして、思っちゃいけないわけ？　わたしだって妖精の仲間よ。きらわれ者だから試験を受けられないってことはないはず。それに、わたしは今まで、いつでも精鋭クラスの試験を受けられるだけの準備を整えてきた。」

伝説の魔女は、深くうなずきながら言いました。

「ええ、そうね。あなたなら十歳で受けても、ゆうゆうと合格したでしょう。そして、明日で十六歳になる。試験を受けられる最後のチャンスかもしれない。」

そして、にっこり笑うと、つづけました。

「わかりました。試験をお受けなさい。今まであなたは魔術を学んできた。でも、それは正式な資格にはならない。試験を受けて、妖精の勉強を修了したという証明をもらうのは、この先きっと、あなたのためになる。あたしとしては、あなたの十六歳の誕生日を、もっと別の形で、お祝いしたかったけれどね。」

マレフィセントは、ぱっと顔を輝かせました。

「ほら、きいた？　わたし、妖精学校の試験を受けていいんだって！」

大ガラスのディアブロが、羽を広げ、マレフィセントを祝福するようにカアカアと

鳴きながら、キッチンに飛び込んできます。

うれしさではちきれそうなマレフィセントを見ると、伝説の魔女は、自分までうれしくなりました。そして、カラスたちをマレフィセントといっしょに引き取って、ほんとうによかったと思ったのです。マレフィセントとカラスたちは、家族やきょうだいのようなもの。中でもマレフィセントは、オパールと名づけた、めすのカラスと、おすの大ガラス、ディアブロを特別気に入っていました。

「ねえ、ディアブロ！　庭で、明日の試験の練習をしようよ！」

マレフィセントとディアブロが元気に庭に飛びだしていくと、伝説の魔女は思わず、思いだし笑いをしました。あるとき、どこからともなくツリーハウスにやってきたディアブロに、マレフィセントは、こう言い渡したのです。

「わたしは火を使う女の悪魔〈マレフィセント〉よ。その相棒ってことで、〈ディアブロ（男の悪魔）〉はどう？」

ディアブロは誇らしげにカアと鳴き、伝説の魔女とマレフィセントは、ふたりで顔を見合わせ、大声で笑い合ったものでした。

伝説の魔女はあのとき、マレフィセントが、ほかの妖精の悪意をものともしていないことを知って、内心ほっとしました。そして、群れることをきらい、独自に生きようとするマレフィセントを、心から頼もしく思ったのです。

「さて、あたしは、もう一杯、お茶をいただこうかしら。」

伝説の魔女が、満ちたりた気分で、お湯をわかしに立ち上がったとき、玄関のドアがノックされ、妹のフェアリー・ゴッドマザーの声がきこえました。

「こんにちは、姉さん。ごきげんいかが?」

「まあ、珍しい。お茶でもいかが?」

「ええ、姉さん、ありがとう。」

フェアリー・ゴッドマザーは、そう言うと、入ってきました。

伝説の魔女は食器棚から妹の好きそうな、きれいな模様のティーカップを出し、ポットといっしょにテーブルにおきました。伝説の魔女は、妹が用もないのにお茶をのみにくるはずもないことを知っていました。ふたりはいっしょにお茶をのんでおしゃべりを楽しむような、仲のいい姉妹ではないのです。

「近くを通ったので、寄ってみたの。マレフィセントは庭で、願いをかなえる呪文の練習をしているようねえ。」

フェアリー・ゴッドマザーは、せきばらいをすると言いました。

「ええ、そうよ。」

伝説の魔女は、妹のカップにお茶を注ぎ、角砂糖のつぼを出すと、

「お好みでどうぞ。」

と言いました。フェアリー・ゴッドマザーはうなずき、

「マレフィセントは明日、十六歳になるんですって？」

とたずねました。伝説の魔女は妹の顔をまっすぐにみつめ、

「ええ、そうよ。でもそれがどうかした？」

とききました。すると、フェアリー・ゴッドマザーは、意地のわるい顔で、

「たしかに十六歳なの？　あの子がいつ生まれたかなんて、わからないくせに。」

と言ったのです。伝説の魔女は少しもひるむことなく言い返しました。

「あなたも知っているわよね。あたしたち姉妹はまったく別の力をさずかっている。あたしは時が見える。過去を見ることができるの。明日は間違いなく、あの子の誕生日ですよ。」

「でも、姉さんはわかっているわね。妖精の学校の校長だもの。妖精の子どもが、その才能を証明するための試験を受けるには、妖精学校のすべての課程を修了することが必要だと。」

伝説の魔女はすかさず言いました。

「校長として、あたしは例外を設けることを許されています。マレフィセントほど才能のある妖精の子どもなら、妖精の学校を卒業しなくても試験を受けられます。マレフィセントは自分の才能を証明する試験を受けるために必要な全課程を学び終えた、と、認めます。そして明日、あの子に試験を受けさせます。」

フェアリー・ゴッドマザーは、とつぜん立ち上がると訴えはじめました。

「わたしにはわからないのよ。姉さんはいったい、あの子のどこがいいの？　わたしたちは別々の力をもっているかもしれない。でも、わたしはあの子の未来を夢の中で見たの。あの子は姉さんに、悲嘆以外の何物ももたらさないわ。姉さんだって見たんじゃないの？　――あの子の未来を。」

「時間は止まっていない。事情は変わるのよ。」

伝説の魔女はそう言うと、つづけました。

「とくに未来については何も決まっていない。それはあなただって、わかっているわね。マレフィセントには、チャンスを手にする権利があるの。輝かしい未来をもつチャンスをえる権利が。もしあたしがこの国に帰ってきて、あの子をここに連れてこなければ、あの子は一生、そんな未来をもてなかったはずよ。」

「もうこの話は終わりにしましょう。わたしは、こんなおろかな言い合いをして、姉さんから一生恨まれたくないわ。」

フェアリー・ゴッドマザーは、冷たく言うと、そっぽを向きました。

「おろかな言い合いですって？」

伝説の魔女は、目をつり上げました。

「あなたは、カラスの木の前を通り過ぎたのに、あの子を寒さの中に放っておいた！

カラスたちに世話を押しつけて。あの子が生きようが死のうが、気にもしなかった！」

「ほんとうにもう、やめない？　姉さんだって、わかっているはずよ。あの子は悪魔だと！　でも、どうぞ、ご自由に試験を受けさせて。わたしには受験をこばむ権限はない。ただし、合格させるかどうかを決めるのは、このわたしですからね。」

伝説の魔女は頭をふりたて、妹をにらみつけました。

「あなたは、なんて頑固で勝手なの！　自分の理想の型にはまらないものは、平気で追いだそうとする。マレフィセントは、言うなら、ピンクの花の群れの中の黒い蘭。あなたは場違いな黒い蘭が生長するのを許せず、追いだそうとするんでしょ。」

「そして、姉さんは、マレフィセントが黒い蘭だから、愛している。」

「そして、あなたがマレフィセントを目の敵にするのは、あたしがあの子を愛しているから！　そうよね⁉」

伝説の魔女は、妹に対して、どんどん腹がたってきました。

（〈フェアリー・ゴッドマザー（妖精の後見人）〉などと呼ばれて尊敬されているのに、なんと心がせまいの！　なんと頑固で冷たいの！　どうして、あたしがずっと望んできたような妹になってくれないの！）

それでも伝説の魔女は、むりやり自分に言いきかせました。

（いいえ、妹は完全に間違っている。マレフィセントは美しく、知性と才能に溢れた若い妖精に育った。あたしはあの子にできるだけのチャンスをあたえてきた。あの子があたしを誇りに思う日が、いつか必ず来るはず。）

すると、フェアリー・ゴッドマザーは姉の心の声をきいたように言いました。

「思い込みはこわいわね。一つのことをずっと思いつづけていると、いつか、それを信じてしまうもの。」

そして、つんとあごを上げると、ドアから出ていきました。

フェアリー・ゴッドマザーはみじめな気分でいっぱいでした。

(わたしは常に、自分が幸福で楽しげに見られたいと思っているのに。今、姉さんの目には、理想とは似ても似つかないわたしが映っている……。)

フェアリー・ゴッドマザーはマレフィセントを刺すような目でにらむと、立ち去りました。

「ねえ、なんであの人、わたしのことをあんなに憎むわけ?」

マレフィセントは家の中にもどってくるとききました。

「ただ、ないものねだりをしているだけよ。あなたは、心配しなくていいの。さあ、夕食の支度を手伝って。あなたのお誕生日を祝いにお客さんが来るんだから。」

伝説の魔女はいつもの落ち着いた口調で言うと、

「ところであなたのお気に入りの大ガラスは?」

とききました。マレフィセントは、目を伏せたまま言いました。

「さっき、この近くに強力な魔女が何人もいる気配を感じたの。それで、ディアブロを偵察にやったのよ。」

伝説の魔女は、肩をすぼめると言いました。

「やれやれ！　なぜ、あたしにきいてくれなかったの？　きけばすぐ、教えてあげたのに。じつは有名な魔女の三姉妹がこちらへ向かっているの。その三人を、今晩のお食事に招待したのよ。」

マレフィセントは、目を丸くしました。

「もしかして、それ、〈奇妙な三姉妹〉のこと？　あの魔法の本を書いた？　その人たちが来るの⁉」

「ええ、そうですよ。あなたのお誕生日祝いに、こっそり招待して、あなたを驚かすつもりだったの。あなたは、あの三人が書いた魔法の本が大好きだと言ってたからね。あの三人は、あたしの古くからの友だちなのよ。でも、ずいぶん長いことごぶさたしているわ。だから、久しぶりに会うには、とてもいい機会だとも思って。あなたが明日、試験を受けるつもりだときいたから、一時は延期しようと考えたけれど、でも三人は、ぜひきょう来たいと言ったの。ただねえ、フェアリー・ゴッドマザーはあの三人が大きらいなの。三人がここにいることは、もちろん感じ取るはず。明日の試験であなたに八つ当たりしなければいいけれど……。」

マレフィセントは、目を丸くしながら、

(でもいつ、伝令のフクロウを送ったの？　ちっとも気がつかなかった。)

心の中で、首をかしげました。とたんに、

「ばっかねえ！」

「テレパシーよ！」

「決まってるでしょ！」

三人分の声がきこえてきました。

マレフィセントはぎょっとして飛び上がり、すばやくふり向きました。

(いったい、いつのまに入ってきたの？)

三人のとても小柄な女が、玄関に立っています。

(これが、ルシンダ、マーサ、ルビーの奇妙な三姉妹？　わたしの大好きな魔法の本の著者たち？　まさか会えるとは思ってもみなかったのに。)

マレフィセントは、伝説の魔女がなぜ今まで、有名な三人と知り合いだと教えてくれなかったのだろうかと、少し恨めしく思いました。

そして三姉妹を、こっそりながめました。

(ほんとに、そっくり！　おまけにすごい美人の三人組！　真っ黒な髪。石炭で描いたような黒い大きな目。小さな赤いくちびる。陶器のように白い肌……。)

複雑に結い上げられた髪も、後れ毛のカールの具合も、光の当たり具合で色が変わる、落ち葉の刺繡がほどこされた緑色のドレスも、すべて、すばらしいの一言。

(こんな美人たちを見たのは初めてよ！　わたしのだいじな魔法の本の著者たちが、こんなにすてきな美人だったなんて！)

心の中でつぶやくと、

「それは、どうも、ありがと。」

すぐさま、まんなかのひとりが言いました。

「さあ、すわってちょうだい！」

伝説の魔女はいそいそと、お客のためにカップを出してくると言いました。

「ごぶさたしていたわ！　みんなで、お茶をいただきましょう。こちらがあたしの娘、マレフィセントよ。かたくるしい紹介はぬきにして――。」

「あら、マレフィセントのことなら、あたしたち、よく知っているわよ。」

「鏡で、見ているから。」

ルシンダとマーサが次々に言うと、

「ちょっと！　あたしたちの秘密をふたりに教えちゃだめじゃない！」

ルビーがきんきん声を上げました。マレフィセントは声を上げて笑いました。

（なんておもしろい三人組なの！　三人とも、大好き！）

マレフィセントはたちまち、奇妙な三姉妹が大好きになりました。

「あたしたちも、あんたが大好きよ！」

三人はすぐさま、マレフィセントの心を読みとって、返事をしました。

「ハッピー・バースデイ！　マレフィセント。」

「ハッピー・バースデイ！　かわいい子！」

「明日は、あんたにとって、特別な日になるわ！」

三姉妹は口々に言うと、声をそろえて歌いだしました。

「♪十六歳は、特別な年！

いいことあるわ、十六歳！

乞うご期待よ、十六歳！」

歌が終わると、

「で、伝説の魔女さん。あんたの妹はまだ、例のいたずらにこだわってるわけ？」

ルシンダが、カップをそろえている伝説の魔女をみつめると、ききました。

伝説の魔女はほほえみました。三人のうちのひとりがいずれ、ポケットにカップをすべりこませることはわかっています。なにしろこの三人組は、来るたびに同じことをするのです。

「ねえ、例のいたずらって、何?」

マレフィセントが目をぱちくりさせます。

伝説の魔女は三姉妹を横目でにらみ、

「なんでもないわ、マレフィセント。」

さり気なく言いました。とたんに、

「だめだめ!　子どもに嘘ついちゃだめ!」

「あたしたち、嘘つきの手伝いはしない主義なの。」

ルシンダとルビーが言うと、

「そうよ!　わかってる?」

マーサが叫びながらつづけます。すると、

「この子を一生——、」

「守ってやるわけには、いかないのよ。」

と、ルシンダ、ルビーがつづけ、

「♪ね、ね、そうでしょ、おばあちゃん！」

奇妙な三姉妹は、声をそろえて歌いました。

伝説の魔女は〝おばあちゃん〟という呼びかけを、上機嫌で受け流しました。

三人がふざけているのは知っています。

じつは、自分が三姉妹の想像以上に高齢だということもわかっていたからです。

「さあ、さあ、誰もこの子に嘘なんかついていませんよ。」

伝説の魔女は少し声を高めて、三人を落ち着かせようとしました。

けれども、奇妙な三姉妹は知らん顔。

「♪この子は明日、おとなになるの！

十六歳よ、十六歳。

す・て・き・な十六歳！」

先がとがったブーツで、ゆかを踏み鳴らしながら、歌いつづけます。

マレフィセントは、三人の歌に拍手しながら、

「わたしを何から守るのよ？　ねえ！」

と、伝説の魔女を問いつめました。

「真実からよ！　お嬢ちゃん。」

「あんたを、守るの！」

「真・実からね！」

ルシンダとマーサとルビーの三姉妹が大声で笑いだします。

あまりのけたたましさに、マレフィセントのカラスたちが、カアカアと恐ろしそうに鳴きながら、ツリーハウスを飛び出ていきました。

「ふん！　これで——、」

「あのまぬけどもは——、」

「震え上がるはず！」

奇妙な三姉妹は、口をそろえて、わめきました。

「なんですって？　わたしのカラスたちが、〝まぬけ〟!?」

マレフィセントが目をつり上げると、

「震えるまぬけは、カラスじゃない！」

「誰だってカラスの鳴き声は――、」

「不吉なしるしと知ってるわ！」

三姉妹は、ふたたびけたたましく笑いました。

「ああ、もうふざけるのは、そのくらいにして！」

伝説の魔女はほほえむと、それぞれのカップにお茶を注ぎました。

「この三人はね、もちろん、妖精たちのことをばかにしているのよ。あなたやカラスたちのことじゃないわ、マレフィセント。」

ルシンダは、マレフィセントをじろりと見ると、言いました。

「あんたは、頭のいい若い魔女。わざわざ言わなくても、わかってるわよね。」

「わたしは妖精よ、魔女じゃないわ。」

「いいえ、あんたは魔女よ。そのうち、養母の力を追い越すかもしれない！」

マーサが金切り声で叫ぶと、

「たぶん、あんたの養母が予想するより早く。」

ルシンダが厳かに結びました。

「でもわたしのナニーは——わたしのママは——妖精でしょ？」

マレフィセントが言うと、

「あんたたちは両方とも妖精として生まれた。でも心は魔女！　あんたたちはほんとうの魔術を使う。重要な魔術を！」

ルシンダが叫びました。

「そうそっ！　羽のない妖精が魔女じゃなけりゃ、なんなのよ？　お嬢ちゃん。」

三姉妹はわめき、マレフィセントは、お腹をかかえて笑いました。

伝説の魔女は、養女マレフィセントが心から幸せそうなのを見て、ふたたび幸せな気持ちでいっぱいになりました。ところがそのとき――。

「あらまあ！　夕食のラザニアが、こげかけてる！」

奇妙な三姉妹は大笑いし、伝説の魔女はあわててオーブンの前へ走っていきました。

「だいじょうぶだった？　〝おばあちゃん〟。」

ルビーがやじると、あとのふたりが、きゃあきゃあ笑いこけます。

「ええ、ええ、ありがたいことにね。」

伝説の魔女はにっこりほほえみ、

「さあ、みんなで、いただきましょう。」

マレフィセントと奇妙な三姉妹の顔を、次々と見回しました。

夕食の席は、明日の試験のことで盛り上がりました。三姉妹も伝説の魔女も内心、フェアリー・ゴッドマザーがマレフィセントを不当に扱うのではと心配していまし

た。けれども、それをけっして言葉にも顔にも出さないよう、気をつけ合っています。やがて、

「ねえ、キルケは明日、かわいそうなお姫ちゃんの役をするんでしょ？」

ルビーが、料理を少しずつ取りながら言いました。

「キルケって誰？」

マレフィセントはききました。

「キルケはね、この三人のずっと年が離れた妹。彼女は試験の劇のためにたのまれた素人役者のひとりよ。毎年のことだけれど、明日の試験でも、妖精学校の先生の関係者が、役者として出演するの。この三姉妹が、あなたの誕生日をお祝いしにきてくれると言ったとき、ついでにキルケも連れてきて、劇に出てもらってと、お願いしたのよ。妖精学校の生徒の中で、キルケに会ったことがある子はひとりもいないわ。だから試験の劇が、より本物らしくなるでしょって。」

伝説の魔女が説明しました。

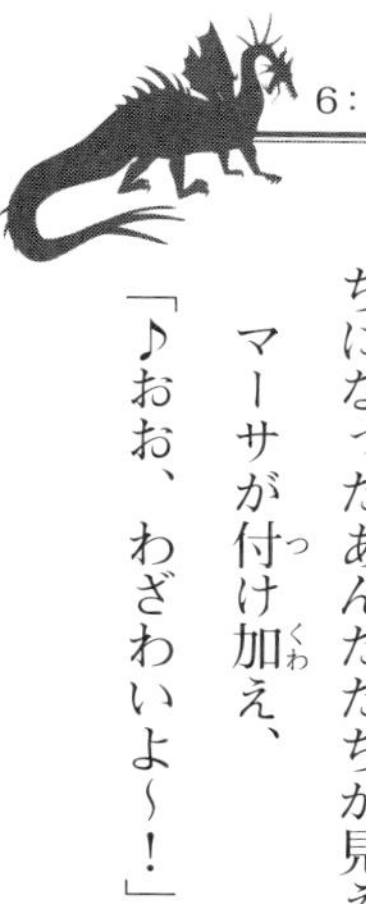

「キルケは、わたしと同じぐらいの年？」

マレフィセントがきくと、マーサが首を横にふりました。

「まっさか！　あんたよりずうっと年下よ。でも年の差なんか、関係ない。あんたたちふたりはきっと、いい友だちになるわ。もし——、」

マーサが言うと、

「もし、すべてが、段取りどおりに運ばなければね！」

と、ルシンダがつづけ、

「そ！　星々が一直線に並ばなければね！」

と、ルビーが言い足し、

「そうそう！　そしたら、あんたたちふたりは、友だちになるの。あたしには、友だちになったあんたたちが見えるわよ……。」

マーサが付け加え、

「♪おお、わざわいよ～！」

三姉妹はぶきみな声で歌いました。

伝説の魔女が、三姉妹をじろりとにらみます。

三人は目をぱちぱちさせ、不安そうに伝説の魔女をみつめました。

「今は、星々が一直線に並ばないことを望みましょう。それがせいいっぱい。」

伝説の魔女は厳しい調子で言うと、三姉妹と次々に、すばやく視線を交わしました。

「キルケも来ればよかったのに。会いたいわ。」

子どもの魔女がいるのを知ったマレフィセントが、すっかり興奮して言うと、

「ばっかねえ！　そんなことしたら、あの〝気取りや〟ゴッドマザーに、わざわざ、あんたを不合格にする口実をあたえるようなもんでしょうが！」

ルシンダがため息をつき、

「不合格なんて、ありえない！」

マーサが叫び、

「♪そうよ、そうよ！　そのとおり！」

奇妙な三姉妹は、大声でまた歌いだしました。

マレフィセントは三姉妹の大声がすっかり気に入りました。それから、

「ああ、そうか！　そうね、もしキルケが今夜、ここに来ていれば、フェアリー・ゴッドマザーは、みんなして、わたしが試験に合格するようにズルをしたんだろうと思うってことね？」

と言いました。

「ええ、そうよ！　たとえキルケが、あんたの係になることを許可されないとしても。」

「そうよ、それはだめ！」

「あたしたちは、あんたのママの友だちだから――、」

「ぜーったい、許されないわ！」

「でも、キルケは明日、あんたとケーキを食べにくる。」

「キルケは、バースデイケーキが大好きなの！」

「あんたは明日、十六歳！」

「十六歳よ！」

「あたしたちはみんなでケーキを食べるの。もし、星々が一直線に並ばなければね！」

伝説の魔女がついに見かねて、話題を変えました。

「ねえ、マレフィセント。これは覚えておきなさい。役者はぜんぶ、生きているというわけではないのよ。何人かはたんなる影なの。幽霊みたいなもの。これは、生きている役者よりもてごわいわ。彼らは、過去からも未来からも来るから――。」

伝説の魔女は、そこまで言うと、マレフィセントをみつめました。

「どうしたの？　マレフィセント。なぜ、そんなに、そわそわしているの？」

マレフィセントはしぶしぶ答えました。

「ディアブロが、きょうの昼間、偵察に出たきり、帰ってきてないの。」

「あたしたちを偵察させるため、ってこと？」

ルシンダに問いつめられ、マレフィセントは、こわごわうなずきました。

「だったら見たわ。あの大ガラスはいいペットねえ。でも偵察にはもう少し練習が必要。」

マーサとルビーが、けたけたと笑いました。

「安心しなさい。ディアブロはぶじよ、マレフィセント。ちょうどいいやと、羽を伸ばしているに決まってる。」

ルビーがくすくす笑って言いました。

「うちのねこのフランツェと同じ。」

マーサが言い、さらにけたたましく笑いました。

「フランツェは、さっと姿を消して、何日も連絡がないこともある。でもね、ちゃんと帰ってくるのよ。」

ルシンダが、ルビーとマーサに向かってうなずきました。

「心配しなさんな。あんたのかわいい悪魔は、ぶじよ。」

伝説の魔女は、にっこり笑って、マレフィセントの手を取りました。

「さあ、お楽しみはここまで。そろそろ寝る時間よ。明日の試験は早いでしょ。」

「ツリーハウスで寝ていい？　ディアブロが夜中に帰ってくるかもしれないから。」

伝説の魔女は、うなずきました。

「ええ、いいわ。でも、ディアブロを待って、一晩中起きていてはだめよ。」

みんなが立ち上がり、マレフィセントを抱きしめました。

「おやすみ、マレフィセント。誕生日おめでとう！」

マレフィセントは文句なしに幸せでした。

ディアブロのことさえ心配でなければ――。

7 伝説の魔女のいくつもの人生

「マレフィセントはなぜ、やってくるのでしょうねえ。」

モーニングスター城の朝の間にもどると、乳母こと伝説の魔女は、つぶやくように言いました。

「それは——アースラの死を悼むためよ、もちろん。」

キルケの答えに、乳母は首を横にふりました。

「マレフィセントはアースラを、これっぽっちも好きでなかったんですよ。」

「でも、アースラが死ぬとき、あの魔術が衝突するような爆発があったんですもの。きっと、現場を見ずにはいられなかったのよ。」

乳母は少し考えてから、言いました。

「マレフィセントはあなたの姉さんたちに、アースラを信用するなと、手紙で警告しました。それを直接、伝えにやってきたのでしょうか？　いずれにしても……。」

いずれにしても、マレフィセントと対面せずにはすまないと、乳母は思いました。

「もちろん、わたしはあなたの味方よ。あなたが大好きだもの。」

キルケが乳母の心をすばやく読むと言いました。すると、

「わたくしだって、同じ！」

チューリップ姫が入ってきて、乳母のほおにキスして告げました。

キルケとチューリップ姫に励まされると、乳母は少し元気になり、

「姫さま、一つお願いがございます。」

チューリップ姫をまっすぐみつめて言います。

「図書室で、モーニングスター王国の動植物についてお調べいただけませんか？　歴史書や図鑑で、何か、ふしぎな力をもつ動植物を――。」

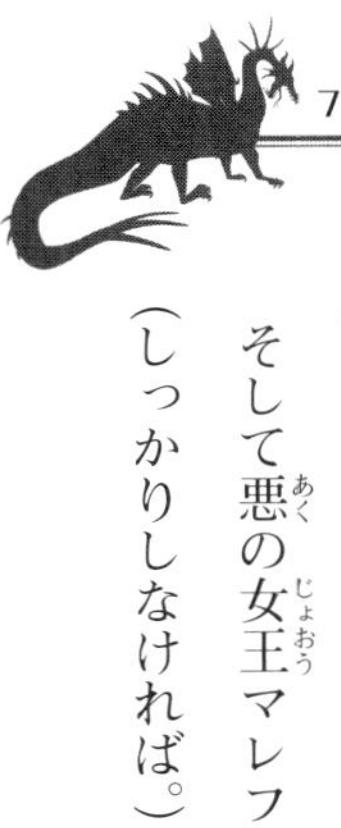

チューリップ姫は、きれいな目で乳母をにらみつけました。

「わたくしが邪魔なの？」

乳母は首を横にふりました。

「めっそうもない！　姫さまは調べ物がおとくいでございます。ですから――。」

「わたしがチューリップに話すわ。あなたは、ちょっとだけ、ここで待っていて。」

キルケは乳母にそう言うと、チューリップ姫を引っ張って朝の間を出ていきます。

乳母は両手の中に顔をうずめ、深くため息をつきました。ひとりでいくつもの人生を生きるとは、なんとつらい試練でしょう。新しい人生に目ざめるたびに、前のようなあやまちはおかすまいと心に誓い、結局は失敗するのです。中でも、マレフィセントを育てたのは、今までで最大の失敗だったと乳母は思いました。

（あたしはあの子を救ったつもりで、悪の女王にしてしまった。）

そして悪の女王マレフィセントは、モーニングスター城に迫っているのです。

（しっかりしなければ。）

乳母こと伝説の魔女は自分を励ましました。

図書室のチューリップ姫はきっと、マレフィセントをおびやかす動植物をさがしだしてくれるでしょう。そしてキルケには、魔女の館にもどって、三人の姉たちを目ざめさせる魔法の呪文をさがしてもらうつもりです。

魔女の館はまだ、お城の海岸に面した崖の上に停まっています。

(館にある魔術書の中に、必ず奇妙な三姉妹の目を覚まさせる呪文があるはず!)

キルケが急いで、朝の間にもどってきました。

「チューリップはすぐに事情をのみこんだわ。あの泣き虫のお姫さまが、聡明なすばらしい女性になった! あなたが育てたのよ。さぞ誇りに思っているでしょうね。」

「ええ、もちろん。あたしはいつだって、チューリップ姫が、すばらしい女性に育つと信じてきましたよ。」

乳母がほほえむと、キルケは、ふいにたずねました。

「じゃあ、マレフィセントがこうなると、予想していたの?」

乳母はうなずきました。

「ええ。でもあたしは、あの子の未来を変えようとした。あの子を正しい方向へ導こうとした。あの子を正しい魔女にするために、あらゆる魔術を教えました。ところがあの子は、それらを利用して、〈悪の女王〉に成り上がったのです。」

乳母はくちびるをかむと、うなだれました。

「気の毒に。それで——わたしに何かできることは？」

乳母は顔を上げ、キルケに、崖の上に停まっている魔女の館に行き、三人の姉を救う呪文をさがすようたのみました。

「わかったわ。」

キルケはそう言うと、乳母のほおに、すばやくキスし、朝の間を飛びだしていきました。

8

鏡の中の魔女たち

オーロラ姫は、夢の国に来てからずっと、鏡の映像を見るばかりでした。

でも今、ついに向こうから話しかけてくる相手が現れたのです。

「ほら、ご挨拶は？　お姫ちゃん。」

「あんたに、お行儀を教えたのは、だあれ？」

「ああ！　もしかして、あのおせっかいな妖精三人組!?」

奇妙な三人の女は口々にわめきたてます。オーロラ姫はあわてました。大体、この三人がほんとうに、自分に話しかけているかも、たしかではないのです。すると、

「だいじょうぶよ、お姫ちゃん。あたしたちは、〝あんたに〟話しているの。」

オーロラ姫は思わず首をかしげ、鏡の中の三人をみつめました。

「あらら。そのしかめ面。こっちから、ちゃあんと、見えてるのよ。」

左右のふたりがひらひら手をふると、まんなかの女がオーロラ姫をじろりとにらみました。

「あんたがオーロラ姫ね。やっとみつけた。マレフィセントがよろこぶわ。」

「あなたたちはなぜマレフィセントを知っているの？」

オーロラ姫がこわごわきくと、まんなかの女は、にやりと笑って答えました。

「あたしたちは〈奇妙な三姉妹〉と呼ばれる魔女。マレフィセントの、古くからの友だち！」

なるほど三人は見るからに魔女です。でもなんとなく自信がなさそうなのは、夢の国の魔法で、ふだんの力が抑えられているからかもしれません。

「じゃ、あなたたちは、キルケのお姉さん!?」

オーロラ姫は、たずねました。数日前、鏡にキルケという若く美しい魔女が映り、三人の姉が夢の国にとらわれたと心配しているのを、思いだしたのです。

「おまえはなぜ、あたしたちの妹を知っているんだ？　さあ話せ。」

鏡の向こうから、ルビーが、恐ろしいけんまくで、問いつめます。

オーロラ姫が思わず後ずさりすると、

「やめなさい、ルビー。うまく、その子に答えさせるの。」

鏡の向こうからルシンダの声が飛んできました。

「いやよ！　あなたたちの言うとおりになんか、なるものですか。」

オーロラ姫は、鏡の三人をにらみつけ、次の瞬間、あっと息をのみました。

鏡の中からルシンダの手がぬっと伸び、骨ばった指でオーロラ姫の手をつかんだのです。おびえてしりもちをついた姫は、体の芯が燃えたつような、いやな気分に襲われました。奇妙な三姉妹はきゃっきゃと笑い、口々に言いました。

「用心するのね、お姫ちゃん！」

「あんたはこの場所や自分の魔力を、まだぜんぶは知らないみたいだ。」

「さあ、キルケのことをお話し！　一つ残らずねえ。」

9 奇妙な三姉妹の魔術書

キルケは崖の上の魔女の館に入り、本棚を見回しました。

（この中に、姉さんたちを目ざめさせる呪文が、ありますように。）

ずらりと並んだ魔術書を次々と調べだしました。ところが、夢の国へ行った者を連れもどす呪文は、どこにもありません。それでも三人が魔術で夢の国へ送られたのは間違いありません。キルケはどの魔術書も追記まで調べました。けれども夢の国へ行った者を呼びもどす呪文は出てこないのです。

（これは――姉さんたちを夢の国に送った者しか知らない呪文ということ？）

キルケはため息をつくと、姉たちの冒険を描いたステンドグラスをながめました。

「姉さんたちはなぜ、わたしを育ててくれることになったの？　パパとママは？」

三人の姉たちは、キルケよりずっと年上です。

むかしから、キルケが幼い日のことをきくたびに、姉たちはさっと話題を変えました。日誌にも魔術書にも、魔術で鍵がかけられています。キルケは、時を巻きもどす力で、過去を見ようとしても、なぜか自分の過去だけは見られなかったのです。

ところが今は、どの日誌も本も、すべて自由に開けられます。

キルケは一瞬、期待に顔を輝かせ、次の瞬間、不安でいっぱいになりました。

魔術の呪文は、かけた者が死ぬと同時に効力を失うのです。

姉たちの呪文が効かなくなっているということは、もしや――？

（だいじょうぶ。わたしも一時はアースラに魂を奪われた。でも生き返ったわ。）

キルケが自分を励ますと、さっと日が差し、ステンドグラスの真っ赤なりんごを際立たせました。とたんにキルケは、親戚の白雪姫がもう一つの有力な手がかりをもっていることを思いだしました。白雪姫は先日ぐうぜん、お城の屋根裏に奇妙な三姉妹が書いた本があったと手紙で知らせてくれたのです。

キルケは、ぜひ見せにいらしてと、返事を書きました。

魔女の館の玄関のベルが、かすかに鳴りました。キルケが急いで玄関の扉を開けると、小さなフクロウが、ドアベルをせっせとつついています。

「白雪姫からの返事だわ！　ご苦労さま。」

キルケはフクロウを抱き上げると、ビスケットを一枚、あたえました。

〝親愛なるキルケ
お手紙、ありがとう。あなたが教えてくださった移動の魔術、鏡の中の母にききながらやってみますわ。お姉さまたちの本はもちました。では、のちほど。白雪〟

キルケはフクロウにもう一枚、ビスケットをあたえ、モーニングスター城の朝の間にいる伝説の魔女にテレパシーで、白雪姫がもうすぐ来ると知らせました。

10 親不孝な娘

そのころ。モーニングスター城の朝の間では、チューリップ姫が乳母こと伝説の魔女に、こう言っていました。

「図書室で調べた限り、森は自分たちを焼きつくしたマレフィセントを、ひどく恨んでいるわ。でも、どの木にも、単独でマレフィセントをおびやかすほどの力は……。」

姫がうなだれたとたん、外からどどどどっと地響きがきこえてきました。同時に姫の婚約者ポッピンジェイ王子が部屋に飛び込んできて叫びます。

「巨木の大群がお城に向かってきますよ！　ツリーロード（巨木族）です！」

次の瞬間、朝の間の天井から、とどろくような声が、降ってきました。

「伝説の魔女よ。もう心配はいらぬ。わしらが目ざめたからな。」

「ああ！　オベロンさま！」

伝説の魔女はぱっと顔を輝かせ、姫と王子に急いで説明しました。

「巨木族はとつぜん姿を消して長い眠りにつき、ふいにまた現れる木の妖精たちです。オベロンさまはその長で、すべての妖精の王でもあられるのでございます。」

「よい説明じゃ、伝説の魔女よ。わしがマレフィセントの悪行をさばくことにする。」

「お待ちください、オベロンさま。どうか、あの子の言い分だけでもおききになって！」

胸の前で両手をにぎりしめ、必死に訴える伝説の魔女に、オベロンの声は答えました。

「よかろう。ではわしらはこの部屋の外に身を隠し、マレフィセントの言い分をきく。」

伝説の魔女がほっと息をついたとたん、爆音とともに、暖炉から緑の光が勢いよく噴きだしました。うずまく緑の霧の中、倒れた姫を、王子が駆け寄って助け起こします。

次の瞬間、暖炉の奥から、ぶきみな緑の炎をまとった長身の魔女が現れました。

「マレフィセント！」

伝説の魔女が呼びかけました。

「あらまあ。高名なかたがたばかり。とはいえ、ずいぶん少人数のお出迎えですこと。偉大な海の女王のご葬儀は、カラスたちの目を通して、すべて拝見していましたわ。」

マレフィセントは、くちびるをゆがめて笑いました。

年を経て少し低くなったものの、それはまがいもなく養女マレフィセントの声です。独特の角ばった顔立ちはますます美しく、黒い角隠しと黒いマントをまとった長身からは、あたりを払うような威厳と自信が伝わってきます。

伝説の魔女はふたたび、

「マレフィセント……。」

そっと、呼びかけました。すかさずチューリップ姫が進み出ると、

「わたくしどもの城へ、ようこそ、マレフィセント。」

せいいっぱいの威厳を作って挨拶します。

「ああ！　あなたがチューリップ姫？　国王夫妻が眠りの呪いにかかっていることは知っていますよ。でも、あれはわたしと無関係。〝良い〟妖精たちのしわざですからねえ。念のため。」

マレフィセントはそう言うと、美しい姫を品定めするようにながめ回し、

「あなたは、オーロラとそっくり。まあ、そうでしょうね、だって――。」

と言いかけました。そのとたん、

「マレフィセント。なぜあんたはここに来たの？　正直におっしゃい！」

伝説の魔女が声を高め、厳しく問いつめました。

「力を借りにきたのよ。〝良い〟妖精たちのおせっかいを止めるために。」

マレフィセントは平然と答え、こうつづけました。

「フィリップ王子はオーロラに恋こがれている。だからこそ、あの王子にオーロラを目ざめさせられては困るの。フィリップを殺すのはかんたんよ。でもまた別の王子が現れて、眠れるオーロラにキスをするでしょう。オーロラは感謝のしるしに、その王子と結婚しなければならなくなる――それが困るのよ。」

ポッピンジェイ王子が、こほんとせきばらいをして、言いました。

「ぼくは、誰かを助けた感謝のしるしに、結婚してもらうなんてごめんだな。第一、チューリップ姫は自分で自分を助けましたしね。」

「まあ、そう？　もしわたしの記憶が正しいなら、身投げをしたお姫さまは、アースラとキルケに助けられたのよ。あなたじゃないことだけは、たしかねえ。」

マレフィセントは吐き捨てるように言い、けたけたと笑いました。妖精の王オベロン率いる巨木族が部屋の外に控えているのには、気づいてもいないようです。

「なぜあなたはここに来たの？　マレフィセント。」

伝説の魔女がまたもや問いつめます。マレフィセントはしぶしぶ答えました。

「奇妙な三姉妹に、ある非常に重要なことを手伝ってもらうために来たの。」

すると、伝説の魔女は言い返しました。

「奇妙な三姉妹が眠りの呪いにかかっているのは、知っていたはずですよ！　それでもあなたはやってきた。ほかに誰が、ここにいると思ったの!?」

「実は、二つの強い力を感じた。あなたと、今はここにはいない、魔女の力を。」

「キルケのことね。」

伝説の魔女の言葉に、マレフィセントは一瞬考えると、言いました。

「ああ、キルケ。奇妙な三姉妹の妹！　そうかもしれない。」

「キルケもあたしも、三姉妹とは違いますよ。子どもに呪いをかける手伝いなんかしませんからね。」

伝説の魔女は、くちびるを引き結びました。

マレフィセントは、ため息をつきました。

「では話だけでもきいて。わたしはあの子を傷つけるために眠らせつづけたいんじゃないの。守りたいのよ！」

伝説の魔女もため息をつくと、ドレスのポケットから魔法の手鏡を取りだし、

「キルケを見せて。」

と命じました。次の瞬間、心配そうなキルケの顔が、鏡に映ります。

「どうしたの？　だいじょうぶ？」

「マレフィセントが、あたしたちに話をきいてほしいそうなの。」

と、伝説の魔女は言いました。

11 マレフィセントの誕生日

十六歳になった朝、マレフィセントは、ツリーハウスで目を覚ましました。

大ガラスのディアブロは、まだもどっていません。

（目を開けたら、止まり木からわたしを見おろしていると思ったのに……。）

マレフィセントは、次々と浮かぶ恐ろしい想像を、必死で追い払いました。

きょうは、妖精学校の試験の日。

フェアリー・ゴッドマザーが教える〝願いをかなえる妖精を育てるクラス〟の選抜試験の日です。

（試験に集中しなくちゃ。）

マレフィセントは自分に言いきかせました。でも、とてもそうはいきません。

（ディアブロに何かあったら、どうしよう？）

マレフィセントは、少し考えると、お気に入りの、めすのカラスを呼びました。

「オパール、いい子ね。ディアブロをさがしてきて。どこにいるのか、心配なの。」

オパールは低い声で鳴くと、ツリーハウスの窓から飛びだしました。

マレフィセントはしばらく、オパールが妖精の森の上空を旋回するのを、ながめていました。

ディアブロをさがせるのはオパールしかいないと、マレフィセントは思いました。

マレフィセントの目に一瞬、深い森とその向こうの景色が映りました。

それは、オパールの目に映る景色にほかなりません。

とはいえ、カラスの目に次々と映る物をそのまま見られるまでには、まだまだ修行が必要だとわかっていました。

マレフィセントはツリーハウスの中を見回し、あくびをしました。

オパールがディアブロをみつけてくると思えば、少しは気が楽になります。しかも大好きなツリーハウスで、十六歳の朝を迎えたのです。眼下に広がる妖精の国の景色はじつに美しく、マレフィセントはこの高みから巣立って暮らすのは、どんな気分だろうと思いました。そのとき、

「マレフィセント！　おりていらっしゃい。試験に遅れますよ！」

伝説の魔女が、玄関から呼びかけました。

マレフィセントはびっくりしました。

「いったい、いつから、そこに立ってたの？」

伝説の魔女は、肩をすぼめると答えました。

「あたしもディアブロを待っていたの。心配しなさんな。あの子はぶじよ。この世にいることが、あたしにはわかる。オパールが必ずさがしてくれるわ。あたしを信じなさい。だいじょうぶだから。」

マレフィセントと伝説の魔女は、並んでキッチンに入りました。キッチンテーブル

には、ペストリーをどっさり盛った、かわいい花模様のお皿がいくつも並んでいます。

「朝食にも、お客さんを呼んでるの？」

マレフィセントはたずねました。

お茶の用意をしていた伝説の魔女が、ポットから目を上げました。

「お客さん？　いいえ。なぜ、そんなことをきくの？」

「だって、こんなにたくさん、ペストリー、焼いちゃって！」

マレフィセントはあきれたように、黄色い目をぱちくりさせました。でもとても幸福そうです。寝起きでぼさぼさの髪から生えた二本の角。

伝説の魔女は、その美しさに息をのみました。角はここ一年ばかりで成長を止めました。美しい灰色の影が、なめらかな肌にかかり、黄色い目と互いに引きたて合っています。

今朝のマレフィセントの肌色は、薄いラベンダー色です。

これはマレフィセントがとても幸福か、とても不安か、その両方かのしるしです。伝説の魔女は何年も前から、マレフィセントの肌の色みが気分で変わることに気づいていました。たとえば緑色は怒っているか、ひどく悲しがっているかのしるしですが、今朝は違います。そしてここしばらくは、マレフィセントの肌が緑色になるのを見ていませんでした。

「ああ！　ペストリーの山！　一生かかっても食べきれない！」

マレフィセントが、きゃっきゃと笑いました。

伝説の魔女は、なんだかうれしくなると、

「じつはね、心配事があるとあたしはペストリーを焼くの。」

と、答えました。

「さあ、試験に行く前に、少しおあがりなさい。」

テーブルの上には、ペストリーのほかに、小さなケーキがずらりと並んでいます。

新鮮なフルーツを盛りつけたボウルの横には、特製のジャムと濃いクリームが添えられていました。

「どれもだめ？　だったら、ホットケーキでも焼いてあげましょうか？」

「違う、違う。だめなんてとんでもない。みんな最高。いっしょに食べよ！」

マレフィセントは、自分の横のいすを手ぶりで示しました。

伝説の魔女は首を横にふりました。

「だめだめ。あたしは忙しいの。さあ、早くおあがりなさい。」

マレフィセントは大きなチョコレートチップ入りのスコーンをつかむと、いくつかに割り、一つにたっぷりクリームをつけました。

「シナモン・ベリー・ジャムはいかが？　あなたのための特製よ。」

伝説の魔女は、にっこりほほえみました。マレフィセントは、おいしいジャムやクリームを次々と試しました。

「メープルバター、おいしい！」

「あなたが好きだと思ったのよ。さあ、急いで食べてしまいなさい。」

伝説の魔女はそう言うと、ぱんと手をたたきました。

「そうそう！　忘れるところだった！　テーブルの上の、その包みを開けてみて。」

マレフィセントは、茶色の包みを開けると顔を輝かせました。中には美しいドレスが入っています。黒地で、すそには銀の縁取りがあり、何羽もの大ガラスとカラスが、銀糸で刺繍されていました。

「なんて――すてきなの！　ありがとう！」

「どういたしまして！　あたしからの、ささやかなお誕生日のプレゼントよ。」

マレフィセントは、伝説の魔女の腕に飛び込み、キスを浴びせました。

「マレフィセント。あなたは自分がどれほど美しいかわかっている？」

伝説の魔女はききました。マレフィセントのほおが、たちまちピンク色に染まります。

「きょうの試験はだいじょうぶ。あたしにはちゃんとわかります。」

伝説の魔女はそう言うと、つづけます。

「でも――一つだけアドバイスをさせてもらえるなら――。」

マレフィセントは伝説の魔女をさえぎると、

「角は、隠すつもりよ。前から決めてた。」

と、さばさばと言いました。伝説の魔女は言葉につまります。

「妹の――フェアリー・ゴッドマザーの――不合格の口実にされないように――。」

「わかっているわ。」

伝説の魔女はマレフィセントのほおにふれ、軽くキスしました。

「わかってね。あたしは、あなたの角が大好き。とても美しいと思っている。あなたを愛している。だいじなひとり娘だと思っているのよ。」

「わかっているって。」

マレフィセントは、伝説の魔女にキスをし、

「ありがとう――ママ！」

と言いました。

12 妖精の試験

その朝、妖精学校の中央庭園は大混雑でした。

フェアリー・ゴッドマザーの精鋭クラスを受験する妖精はもちろん、おおぜいの妖精たちが、試験の見物に集まっているのです。

この庭園は、乳母こと伝説の魔女が、妖精の国で最も好きな場所の一つ。とりわけ気に入っているのは、庭園のまんなかにある巨木をかたどった大噴水です。

妖精の王オベロンをあらわしたもので、知性と慈愛に満ちた顔をもち、生い茂る枝々からは、いつでも勢いよく水が噴きだしています。

伝説の魔女は、大噴水の前に立ち、試験の始まりを待つ娘を、誇らしげにみつめま

した。真新しいドレスをまとったマレフィセントは、一段ときれいに見えます。マレフィセントは、二本の角を、伝説の魔女からもらった銀色のリボンを巻いて隠しています。それがドレスのすその銀糸の刺繍とぴったり合っていました。

「こうして見ると、マレフィセントはもう、すっかりおとな。」

伝説の魔女はそっとつぶやき、こんなに美しく知性的な若い娘に育ったマレフィセントを、心から自慢に思いました。しかも、幼いとき、自分をのけ者にした妖精たちと、堂々と競い合おうというのです。それだけでもりっぱだと思ったのでした。

メリーウェザーが、むかしと同じように、フォーナとフローラに指図しています。

「わたしたちは三人組よ。三人いっしょに、合格することがたいせつ！　そのためにはね……○△□……！」

すると、メリーウェザーがマレフィセントをみつけ、目を丸くすると、思い切りいやな顔できました。

「あら、マレフィセント！　こんなところで、何しているの？」

「もちろん、試験を受けにきたのよ。」

マレフィセントは落ち着いて言い返しました。

「へええ！　学校を途中でやめて、何してたの？」

フローラとフォーナが、口をそろえて言います。

「ひとりで魔術を勉強していたの。」

マレフィセントはしずかに答え、

（あんたたちこそ、十年近くも、いったい何を習ってたわけ？）

と言いたいのを必死でこらえました。

ふと見ると、クラスでいっしょだった妖精たちが、顔をそろえて立っています。

フローラが、マレフィセントの視線に気づいて言いました。

「ああ、あの子たちはわたしたちを見にきたの。試験を受けるわけじゃないわ。」

「なぜ？」

マレフィセントはまゆをひそめました。

「なぜって、あの子たち、わたしたちにはかなわないと知っているからよ。」

　メリーウェザーが言うと、フローラとフォーナがそろって、くすくす笑いました。

　マレフィセントはあきれました。七歳で学校をやめてからこれだけ時を経ても、三人のごうまんさは変わりません。

「たとえ、あの子たちが、〈願いをかなえる妖精〉になれなくても、卒業証書はもらえるんでしょ？」

　マレフィセントがきくと、

「卒業証書なんて関係ないわ！　妖精の一番栄誉ある仕事ができなけりゃね。」

と、フローラが言い、三人の妖精は、またくすくす笑いました。

　そのとき、フェアリー・ゴッドマザーがこほんとせきばらいをし、みんなの前に立ちました。青いドレスに、大きなピンクのリボンという、いつもながらの姿。

　背後の美しい桜の木々から、花びらがフェアリー・ゴッドマザーと妖精たちの上にひらひらと舞い落ちます。フェアリー・ゴッドマザーのスピーチが始まりました。

「わたくしは、偉大なる妖精の王オベロンの陰に立つ者です。オベロンはわたくしたち妖精の恩人であり、指導者です。オベロンはあるとき、姉とわたくしに、妖精学校の運営という、名誉ある仕事をあたえ、闇の中に去りました。」

マレフィセントはひそかに、フェアリー・ゴッドマザーをあざ笑いました。

オベロンは、妖精学校の校長という名誉ある職を、伝説の魔女にあたえたのです。けれども伝説の魔女は、妹とふたりで校長、副校長の職につくことに決めました。

マレフィセントはずっと前、時を巻きもどす術で、それを知ったのです。

フェアリー・ゴッドマザーはつづけます。

「今回もまた〈願いをかなえる妖精〉として学ぶ精鋭クラスに、三名の生徒を選ぶ日がやってきました。選ばれた三名は、わたくしたち妖精だけにできる魔法で、幸せになろうとする人間を助けるため、さまざまな国へ飛びたつことになるのです。

わたくしもみなさんのように年若い妖精だったころ、この試験を待ち望んでいました。願いをかなえる妖精となり、自分の手で、人間たちの良い夢をかなえることを想像すると、ほんとうにわくわくしたものです。願いをかなえる妖精になることは、たいへんな名誉です。けれども同時に、たいへん重い責任がともないます。手に入れた名誉を軽々しく扱ってはなりません。願いをかなえる妖精になれるのは、妖精の中でも最高の妖精、真に善なる心をもつ妖精、つまり、良い心の妖精だけです。」

（良い心の妖精？）

マレフィセントは思わずどきりとしました。

フェアリー・ゴッドマザーは、一息ついて、また話しつづけます。

「もちろん、〈願いをかなえる妖精〉になれなかったみなさんも、それ以外の重要な仕事につくことができます。みなさんは、このすばらしい学校で先生がたから十年にわたり教えていただいたことをよく守り、それぞれの道を進んでください。」

フェアリー・ゴッドマザーは、いならぶ妖精たちをみわたして、ほほえみました。

「では、そろそろ試験を始めましょう。試験ではみなさんのひとりひとりに、助けを求める者が現れます。事情をよくきき、相手のために最善の解決法を考えてください。

つまり、どの魔法を使うのが一番いいか、判断するのです。ただし、これは、あくまでも試験の劇、訴えにくるのは役者です。それでもみなさんの魔力は本物です。くれぐれも慎重に。相手に危害を加えるような魔法は、ぜったい使わないこと。」

フェアリー・ゴッドマザーはそう言うと、マレフィセントをじろりとにらみました。

まるで、〝相手に危害を加えるような〟とは、あ、な、た、の、た、め、に、言ったのよ、とでも言いたげな視線です。

伝説の魔女とフェアリー・ゴッドマザーがそれぞれ、魔術でいくつもの道を出現させました。どの道も、別の方向へぐるぐる回りながら伸びています。フォーナとフローラが、とつぜん、手を挙げました。

「フェアリー・ゴッドマザー！　わたしたち、いっしょの道を行っちゃだめですか？　フォーナとメリーウェザーとわたしで。」

フローラがききました。フェアリー・ゴッドマザーは一瞬考えると答えました。

「今まで、そんな例はありませんねえ。でも、まあいいでしょう。」

伝説の魔女がすかさず、異を唱えました。

「ちょっと待って。もし、フローラとフォーナとメリーウェザーが、三人いっしょに試験を受けたいと言うなら、三人でひとり分とすべきです。三人で最高点を取ったなら、三人一組で一位。したがって、願いをかなえる妖精には、あとふたり分、挑戦できますよ。」

「あら、でも、それは……。」

フェアリー・ゴッドマザーが言いかけたとき、輝く青のドレスを着た金髪の妖精が声を上げました。

「じゃ、わたしも試験を受けようかな！」

マレフィセントはその妖精にほほえみかけると言いました。

「そうしなよ！　ほら、わたしの横に立って。」

見物にきたほかの生徒たちをみわたすと、つづけて大きな声で言いました。

「試験を受けたい子は全員受ければ？　遠慮はいらない。」

何人かの手が挙がり、メリーウェザーとフォーナとフローラのあわてふためく顔！

マレフィセントは、くすくす笑いだしました。

「何、笑ってるのよ？」

フローラが言いました。すると、

「いい、フローラ。あの化け物に話しかけちゃだめ！　あんなの受かるはずない！」

と、フォーナが言いました。

マレフィセントは言い返したい気持ちをぐっと抑えました。

青いドレスの妖精が、フォーナをにらみつけ、

「この子に、失礼なこと言わないで！」

と言うと、マレフィセントの手を取り、物かげに引っ張っていきました。

「あんな三人、気にすることないわ。あなたに、いい点を取られるのがこわいだけよ。あなたはいつも、一番だったもの。」

マレフィセントは、青いドレスの妖精をみつめました。白い肌がきらきら輝いています。体の中から、良きものがあふれだしているようです。

「学校をやめる必要なんか、なかったのに。クラス全員が、あなたをきらってたわけじゃなかったのよ。」

青いドレスの妖精は、まじめな顔で言いました。

マレフィセントは青いドレスの妖精の手をにぎりしめました。そのときフェアリー・ゴッドマザーと伝説の魔女が、また何本かの道を出しました。

「では、いよいよ、試験の開始です。」

フェアリー・ゴッドマザーは宣言すると、つづけました。

「どの道を選ぶかは直感で決めること。みなさんの心と魔法に従い、道をたどるのです。みなさんに幸運を！　では始め！」

13 マレフィセントの逆襲

マレフィセントは深呼吸をすると、伝説の魔女に元気に手をふり、直感で選んだ道を歩きだしました。やがて、いくつもの尖塔がある美しいお城が見えてきます。

小さな井戸が一つあり、まわりは一面の深い森。黒い髪に赤いヘアバンドをした少女が、井戸のふちに腰かけて泣いています。雪のように白い肌、りんごのようなほお。

「ねえ、なんで泣いてるの？　名前は？」

マレフィセントがきくと、少女はしゃくりあげながら、

「わたしは、白雪姫。」

と答え、こうつづけたのです。

「お母さまが一日中、お部屋にこもって――いもしない誰かと、お話ししているの。お母さまは、お父さまが亡くなってから、誰ともお会いにならないわ、そして……。」

「そして、何？　なんでも言って。だいじょうぶだから。」

マレフィセントの励ましに、白雪姫と名乗った少女はうなずいてつづけました。

「わたし、お母さまがこわい！　お母さまに――殺される！」

「殺される!?　ちょっと、そこで待ってて。あんたのお母さまに会ってくるから。」

マレフィセントはそう言うなり、走りだしました。

お城の玄関に飛び込んだとたん、二階から、激しいすすり泣きがきこえてきました。

マレフィセントは階段を駆け上がり、魔術で壁に穴を開けました。

豪華な部屋の中央に、美しい女王がたたずみ、鏡の中の男をみつめています。

「おまえが憎い！　おまえはわしのだいじな妻を殺した。自分が生きるために！」

「でもお父さん、わたしはあなたの娘よ。お母さんの忘れ形見でしょ？」

鏡の中の男は、いよいよ激しく泣きつづける女王に向かって言いました。

「おまえが死ねばよかったのだ！　妻を殺した娘など、いるものか！」

「でも、お父さん。わたしはあなたに愛されたい！　教えて！　どうすればいいの？」

「ふん、そんなにほしいのか？　親の愛が！」

鏡の中の男は、泣きじゃくる女王をにらみつけ、

「ならば白雪姫を殺せ。あの美しい継子を。そうすればおまえを愛してやろう。」

と言ったのです。女王は少し考えると、

「いいわ、やりましょう。白雪姫を殺せば、あなたの愛がえられるのね。」

と言い、美しいくちびるを曲げて、にやりと笑いました。

（なんてこと！　子どもを殺すなんて！）

マレフィセントは、扉を破って女王の間に飛び込み、呪われた女王を魔術で吹き飛ばし、声を奪うと、部屋のすみにこおりつかせました。次に鏡の男に指をつきつけ、

「地獄へ落ちろ！　二度とこの城にもどってくるな！」

と言い渡します。次の瞬間、鏡が音をたてて割れ、中庭から白雪姫の悲鳴がきこえてきました。マレフィセントは、我にかえった女王を抱きしめました。

とたんに周囲の光景は消え、目の前に、妖精たちであふれる中央庭園が現れました。マレフィセントは目をしばたたかせ、自分が一番乗りで帰ってきたことを知りました。伝説の魔女が駆け寄り、マレフィセントを抱きしめました。

「よくやったわ、マレフィセント！　すばらしい。あなたは首席で合格よ。」

「それはどうかしら。」

フェアリー・ゴッドマザーが、冷たく言いました。伝説の魔女はかっとし、

「どういう意味？　この子はりっぱに課題を果たしましたよ！」

と断言しました。フェアリー・ゴッドマザーは首を横にふりました。

「いいえ、この子は別の行動を取るべきでした——わたしはそう思っています。」

「わたしが、どうすればよかったと思うんですか？　女王を救ったじゃない！」

マレフィセントは、フェアリー・ゴッドマザーを問いつめました。

ちょうどそのとき、青いドレスの妖精がマレフィセントの横に並びました。

試験を終えた妖精たちも次々と帰ってきます。でもフローラとフォーナとメリーウェザーは、いつまで経っても、姿を見せません。

「誰か見にいったほうが、いいんじゃないのかな。」

マレフィセントがつぶやいたとき、三人がやっと、もどってきました。

「ああ、こわかった！　やっともどれた！　もう生きて帰れないかと思った！」

メリーウェザーが大げさにわめきたてます。三人は、鳥の羽か何かで、さんざんたたきまわされたようです。

「だいじょうぶ？」

マレフィセントが、たずねたとたん、

「あんたのせいよ！　あんたがわたしたちを襲ったくせに！」

メリーウェザーが、わめきました。マレフィセントは憤慨しました。

「ちょっと。それ、どういうこと？　わたし、何も知らないわよ。」

「嘘よ、知ってるくせに！　あんたは、わたしたちの邪魔をしたの！」

フローラがくやしそうに言いました。マレフィセントはびっくりし、

「わたし、何もしてない。あの子たちが何を言ってるか、さっぱりわからないの。」

必死で、伝説の魔女に訴えました。フォーナが前に進み出て、

「嘘つき！　あんたはわたしたちを襲ったでしょ。自分のカラスたちを守るために。」

と叫びました。伝説の魔女は目をしばたたかせ、

「では、フェアリー・ゴッドマザーとあたしで、詳しく事情を調べましょう。」

と言いました。すると、こんどはメリーウェザーが、

「校長先生が試験官なのは不公平だと思います。校長先生は、マレフィセントの養母でしょ。えこひいきするに決まってるわ！」

と言いだしたのです。伝説の魔女はあきれ、

「口をつつしみなさい！　メリーウェザー。」

と、厳しくたしなめました。するとフェアリー・ゴッドマザーが、せきばらいをし、

「全員、いったん、うちにお帰りなさい。結果が出たら知らせます。」

と申し渡します。伝説の魔女は、不安そうなマレフィセントに、

「いいから、うちへ帰って。あの三姉妹が待っているわ。」

とほほえみかけ、ほおにそっとキスしました。

みんなが引き上げると、フェアリー・ゴッドマザーは、

「では、試験の判定を始めましょう。まず、マレフィセントですけれど。」

と言い、姉をみつめました。

「あの子は、合格させません。自分が願いをかなえてあげるべき相手は女王でなく、白雪姫だということを、まったく理解していなかったのですからね。」

伝説の魔女はすかさず言い返しました。

「ではあなたは、マレフィセントがどうするべきだったと言うの？　女王を苦悩から救いださず、白雪姫を殺させればよかったと？　あそこには白雪姫を助ける妖精も良

い魔女もいなかった。その中であの子は、女王と白雪姫の両方を救った。満点ですよ。」

フェアリー・ゴッドマザーは、ぜったい認めないという顔で首を横にふりつづけます。

伝説の魔女は、きっぱりと言いました。

「意地の張り合いはやめ。精鋭クラスに選ばれる三人は、マレフィセントと、青いドレスの妖精と、あなたのお気に入りの三人組。それでいかが？」

そのとき、奇妙な三姉妹がふたりの前に飛び込んできました。金髪の、輝くばかりにきれいな幼い女の子が、ルビーに手を引かれ、泣きながら歩いています。

「あの野獣どもはどこ！　メリーウェザーとあとのふたりは？」

ルビーが金切り声でわめくと、そのすぐ後ろから、

「わたしのカラスは？　わたしのカラスの木がない！」

マレフィセントが、わめきながら駆け込んできました。

金髪の幼い女の子は、泣きじゃくったままです。

「マレフィセント！　大声で、子どもをおびえさせてはいけません！」

フェアリー・ゴッドマザーがたしなめたとたん、ルシンダがわめきたてました。

「キルケを泣かせたのは、そっちの三人組よ！　マレフィセントじゃないわ！」

伝説の魔女はキルケと奇妙な三姉妹のそばに近寄りました。

「キルケ、何があったの？　話してちょうだいな。」

「あの三人が、みんなで、わたちをいじめた。でも、わたちがわるいのかも……。」

キルケはそう言うと、すすり上げました。伝説の魔女はキルケの小さな頭をなで、

「ねえ、キルケ。もっと、詳しく教えてくれるかしら？」

と、やさしく言いました。キルケは、ぽつぽつ話しはじめました。

「三人の妖精が来たの。心の秘密が見えた。マレフィセントのカラスたちを、こっそりつかまえて、閉じ込めたって。マレフィセントが心配して、試験に落ちるようにって。いじわるはだめよね。で、わたち、マレフィセントになって三人に、いっしょに

ディアブロをさがしてと、お願いしたの。でも三人とも、知らん顔した。」

キルケはそう言うと、また泣きだしました。

「もう一度きいたらね、わたちが——マレフィセントが——試験の邪魔したって、銀色の光を投げつけた。それでカラスの木が火事になって……。わたち、ディアブロとオパールが、その木にいたって、知らなかった。にせものだと思ってたのに……。」

「それで、ね、キルケ。マレフィセントのカラスたちは今、どこにいるの？」

伝説の魔女は真っ青になって、ききました。

キルケはわっと泣きだしました。

「ごめんなさい！　ほんとにごめん。わたちがわるい。わたちのせいよ。わたち……あの三人が、あんなひどいことするなんて、思わなかった！」

奇妙な三姉妹は、泣きじゃくる幼い妹を抱きしめてなだめました。

「かわいそうに、あんたがわるいんじゃないわよ！　あんたは知らなかったんだから。」

「マレフィセントのカラスたちは、どこにいるの！　誰か答えて。」

伝説の魔女はみんなの顔を見回しました。誰も返事ができません。

　マレフィセントが泣きだしました。

「ディアブロとオパールはどこよ!?　庭にカラスの木がない！」

伝説の魔女は、もう一度キルケを見ました。

「ねえ、キルケ。あなたが見たのは、本物のオパールとディアブロだった？」

「うーん……きっと、そう。」

伝説の魔女は手をふって、メリーウェザーとフォーナとフローラを呼びだし、

「ディアブロとオパールはどこ？　マレフィセントのカラスたちは！」

厳しく問いつめました。おびえた三人が、いっせいに話しだしました。

「わたしたち、カラスに害を加える気はありませんでした！　劇の役者がマレフィセントに化けて話しかけてきたなんて思いませんでした！　本物のマレフィセントが、だいじなカラスを盗まれて、腹をたてていると思ったんです。だから……。」

マレフィセントは、ふいに泣き止み、ぶきみな緑色に変わった顔で三人の妖精をにらみつけました。フローラが震えながら、口を開きました。

「マレフィセント、ごめん！　許して！　あやまるから。」

マレフィセントは黒いドレスのそでを、大ガラスの羽のように広げました。

「わたしのカラスたちは、どこ⁉」

「知らない！　ほんとよ！　誓ってもいい！」

三人の妖精が声をそろえて訴えます。マレフィセントの顔が石像のように冷たくなり、黄色の目が炎のように燃え上がりました。

「嘘つき！　わたしのカラスたちはどこ！　言うのよ、すぐ！」

「いやよ！　あんたが試験を棄権すれば、教えてあげる！」

メリーウェザーが叫ぶと、フローラとフォーナが、にくにくしげにつづけます。

「わたしたちはね、あんたなんかに願いをかなえる妖精になってほしくないの！」

「そのぶざまなかっこうで、あちこちに現れて、妖精の名をけがされたくないのよ！」

「やめなさい！　あなたたち、マレフィセントのカラスをどこに隠したの？　今すぐ言わないと、このあたしが承知しませんよ！」

伝説の魔女が、叫びました。

「なんてことを言うの！　この子たちに、指一本ふれさせるものですか。」

フェアリー・ゴッドマザーは目をつり上げて言うと、つづけました。

「姉さん、いつになったら目を覚ますの？　いつになったら、あの親不孝な娘が、あなたに痛みと失望しかもたらさないことを知るの？　姉さんは、あの子を引き取った晩から知っていたんでしょ。あの子の恐ろしい未来を。それでもかばいつづけるの？」

「あの人、何を言ってるの？」

マレフィセントの怒りがとつぜんしぼみ、疑いと悲しみに変わりました。

「なんでもないわ。なんでもないの。気にするのはよしなさい。」

伝説の魔女は、あわてでなだめました。マレフィセントは、激しく泣きだしました。

「ねえ、あなたは何を見たの？　わたしは悪魔なの？　だから捨てられたの？」

「そうよ。あなたは悪魔。悪の女王となり、自分が愛した者や土地をすべて破壊する運命なの！」

フェアリー・ゴッドマザーは叫び、伝説の魔女は何度も首を横にふりました。

「いいえ、マレフィセント。そんなのは嘘よ！　嘘！　忘れなさい！」

マレフィセントの指先が震えだし、体が燃えるように熱くなっていきます。マレフィセントは幼いころ、似たような感覚に打たれ、それが自分の怒りを抑える移動の魔術を学ぶもとになったことを思いだしました。けれども、こんどのは似ているようでまた別です。マレフィセントは、この熱を通して、自分が、自分以外の何者かに変わっていくのがわかりました。

「マレフィセント、だめ！」

伝説の魔女が叫びました。マレフィセントは、目の前が真っ暗になり、体が火のように熱くなるのを感じました。まるで、巨大な怒りの炎が、自分を内側から食いつくそうとしているような感覚。熱が回りだすと、体がどんどんふくれ、怒りをどんどん受け入れていくのがわかります。その痛み！　その苦しみ！

マレフィセントの悲鳴が伝説の魔女の悲鳴と重なり合いました。

やがてすべての感覚が失われ、めくるめく緑の炎が体内から噴出すると、マレフィセントは、自分が目の前の世界をことごとく焼きつくすのを見たのです。そして、

（わたしは悪魔……みんなが言うとおりの悪の女王よ。）

と、今さらのように思ったのでした。

14

伝説の魔女の後悔

モーニングスター城の朝の間は、重苦しい沈黙に満ちています。

涙する人々を前に、マレフィセントは冷たく言い放ちました。

「でも、あなたたちはひとりも死ななかった。わたしは自分の母親と、自分が知っている者をひとり残らず、殺してしまったと思った。そして気がついたら、みんな生きていたというわけねえ。」

「奇妙な三姉妹が、魔術であたしたちを避難させてくれたからですよ。」

伝説の魔女が、低い声で言いました。マレフィセントはすぐさま言い返しました。

「つまりみなさんは全員、あの騒ぎはすべて仮想だと知っていたわけ。そしてもう一

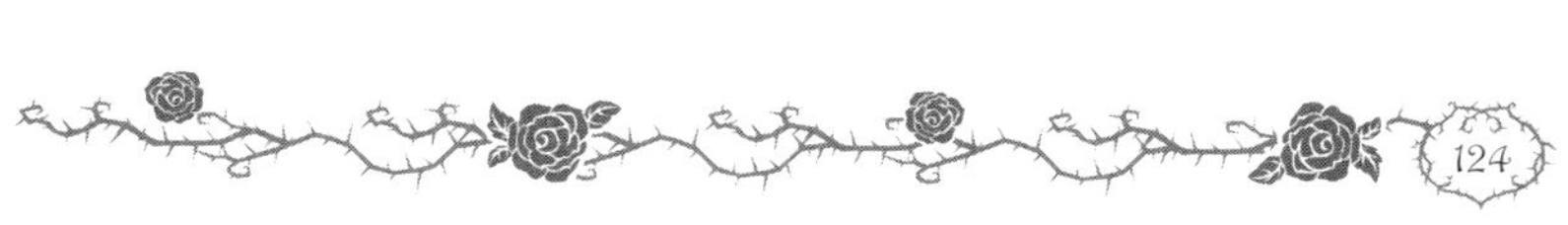

つ。奇妙な三姉妹はわたしの十六歳の誕生日の前の晩に、こう言ったわ――。『星々が一直線に並ばなければ、キルケとあんたは友だちになれる。』と。でも、星々は一直線に並んでしまったの。」

「あたしたちが知っていたのは、おぞましい事件が起こるかも、ということだけよ。」

伝説の魔女の言葉に、マレフィセントは黄色い目をむいて、言いつのりました。

「わたしがドラゴンに変身し、妖精の国を焼きつくすことになるとは？」

「いいえ！　マレフィセント。あたしは、そんな未来など見ていない。」

マレフィセントはふんと鼻先で笑うと、キルケに冷たい目を向けました。

「鏡の向こうで黙ってきいている〝あなた〟。何も言うことはないわけ？」

キルケは一瞬ためらうと、答えました。

「わたしはほんの子どもで、妖精の国を訪れたことさえ覚えていない。責任のがれみたいだけど、ほんとうなの。わかって、マレフィセント。」

「では、あなたは、ほんとうに覚えていないのね？　キルケ。」

「ええ、何一つ。」

マレフィセントはふたたび、ふふんと笑いました。

「では、あなたはあのときの小さな女の子と、今も同じなわけねえ。」

キルケが、目をしばたたかせると、チューリップ姫が、ふいにききました。

「ディアブロとあなたのカラスたちは——ぶじだったの？」

マレフィセントは、うなずきました。

「みんな今もずっと、わたしといっしょにいるわ。カラスたちは、わたしが怒りの炎で妖精の国を焼きつくしたとき、妖精の試験のために作られた劇の空間に閉じ込められていたの。魔法が解けるとすぐ、わたしをさがしにきてくれた。知らなかったの？キルケ。あなたも、わたしのカラスたちといっしょに閉じ込められていたのにねえ。」

「言ったでしょ。わたしには子どものころの記憶がないの。姉たちにきいても、教えてくれないし。」

「ふふん、やっぱり。」

マレフィセントは、キルケから伝説の魔女に視線を移しました。伝説の魔女は鏡を手にしたまま、愛する養女の心に、自分への愛がひとかけらも残っていないのを思い知りました。

「答えて——。なぜわたしに、わたしがあなたを殺した、と思わせたかったの？」

伝説の魔女はぎょっとしました。

「あたしがあなたに、自分が母親殺しだと思わせたかったと？　まさか！」

「だって、あなたは、わたしをさがそうともしなかったじゃないの。母親だと言っておきながら！」

「さがしましたとも！　あらゆるところをさがしつくしても、あなたはみつからなかった。それで、あなたは炎に焼かれて死んだと思ったの。その後、妹とあたしは長年かけて、妖精の国を復興した。すると、復興の数年後、奇妙な三姉妹が、あなたの姿をみかけたと言ってきたのよ。」

「あなたみたいな強力な魔女が、わたしの存在をつきとめられないわけないわ！　たとえ、わたしがドラゴンに変身していたとしても！」

マレフィセントは叫びました。伝説の魔女は思わずきき返しました。

「ドラゴンに？　だからわからなかったのね。それは、さびしかったでしょう。」

マレフィセントは手をふりました。

「いいえ。カラスがいたし、修行を積んであなたと妹の予言どおり、悪の女王になりましたから。」

「そう言ったのは妹ですよ！　あたしじゃ、ありません！」

「そうら、いつものくせが出た。あなたはなんでも他人に責任をなすりつけるの。」

マレフィセントはせせら笑うとつづけました。

「メリーウェザーたち三人に、オーロラをあずけると決めたのも、妹だと言うんでしょ。」

「でも、マレフィセント。誰がオーロラの面倒をみるかなんて、あなたに関係ないんじゃない？」

鏡の向こうのキルケがつい、口走ったとたん、

「わたしの前でオーロラの名を口にしないで！」

マレフィセントが叫びました。抑え込んでいた怒りと憎しみが、今にも炎と化して噴き出てきそうな勢いです。キルケは息をのみ、思わず後ずさりしました。

いっぽう伝説の魔女は、マレフィセントの激情の中に、キルケとは別の何かを感じ取っていました。心配？　愛する者への気づかい？　または、悪の女王となったマレフィセントの心の片すみに、わずかに残るやさしさとも思えました。

（理由はわからない。でも、マレフィセントは、オーロラを気づかうあまり、眠らせておかずにはいられないのでは？）

伝説の魔女はそう思うと、少しばかりほっとしました。そのとき、

「ねえ、マレフィセント。あなた、わたしたちに力を貸してほしいと言ってたんじゃない？　だったら、恨み言はもうやめて、話し合わない？」

と言ったキルケに向かって、マレフィセントは黄色い目を光らせました。

「まあ、いい度胸だこと、キルケ。あなたは、だいじに育てられ、思いやり深く強力な魔女になったのねえ。でもその思いやりが、いつかあなたの命取りになるかもしれない。それでも、今は、こうして冷静にしている。りっぱね。あなたの三人の母親たちに見せてやりたいくらい！」

「母親ですって？　姉よ!?」

キルケが正すと、マレフィセントはにやりと笑いました。

「きこえなかった？　わたしは、あなたの〈母親たち〉と言ったのよ。」

「マレフィセント！　変な嘘をつくのはやめなさい！」

伝説の魔女が大声で制しました。けれどもマレフィセントも負けてはいません。

「わたしは悪の女王かもしれない。でも嘘はつかないわ。嘘つきはそちらでしょ！」

「ねえ、いったい、なんのこと？」

鏡の向こうで、キルケが熱心に問いかけます。

「あなたの姉さんたちの本の中に、三人がどうやってあなたをこしらえたか、〝三人

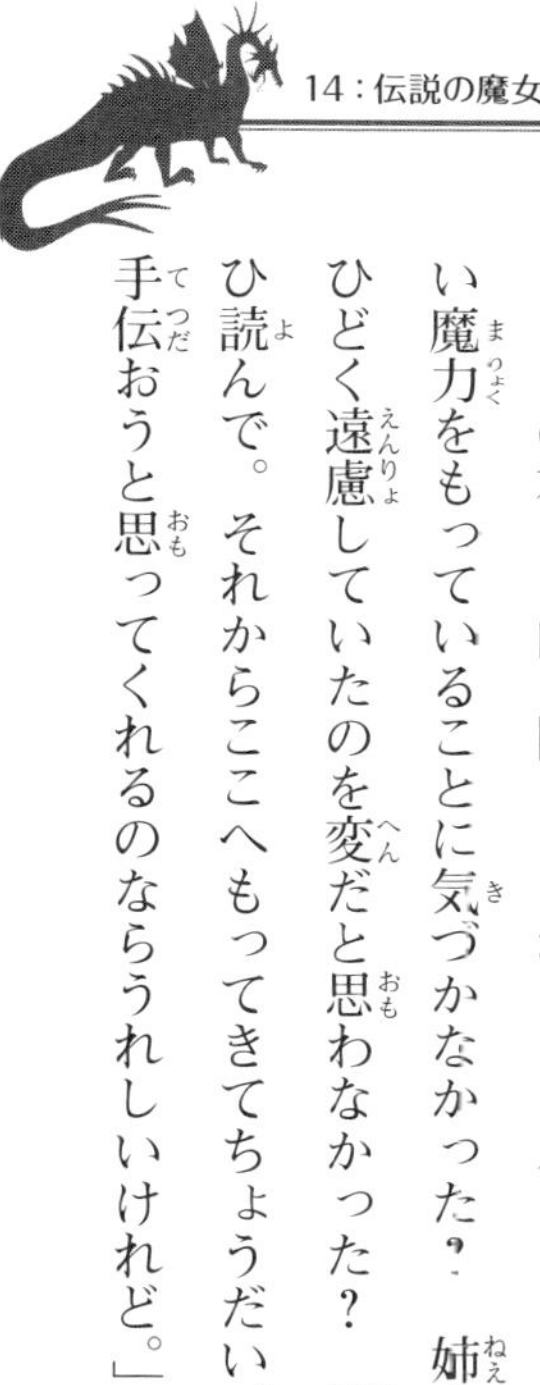

の秘密〟がぜんぶそこに書いてあるの。」

マレフィセントは、ぶきみに笑うと、つづけました。

「三人は今、夢の国に閉じ込められているわ。あなたは、三人の唯一の分身として、この世に残っているというわけねえ。」

「姉たちが母親!? まさか!」

マレフィセントは、けたけた笑いました。

「真実は魔女の館の本棚に。あなたが本を開くのを禁じる呪文をあの三人に教えたのは、このわたし。でも三人はもう、この世にはいないわ。だから呪文は破られ、あなたはどの本も自由に開ける。ねえ、キルケ。あなたは自分が姉さんたちより格段に強い魔力をもっていることに気づかなかった？ 姉さんたちが、ずっと年下のあなたにひどく遠慮していたのを変だと思わなかった？ 答えが書いてある本をみつけて、ぜひ読んで。それからここへもってきてちょうだい。真実を知って、それでもわたしを手伝おうと思ってくれるのならうれしいけれど。」

キルケは鏡の向こうから、相談するように、伝説の魔女をみつめました。

「マレフィセントの言うとおりにして。」

伝説の魔女はキルケにそう言い、チューリップ姫のほうを向きました。

「じつは、もうすぐ、あたくしの妹と二人の妖精がまいります。ポッピンジェイ王子さまとおふたりで、そちらの相手をお願いできませんでしょうか。」

「ええ、もちろん。任せておいてね。」

チューリップ姫がうなずくと、マレフィセントは伝説の魔女をにらみつけました。

「相変わらず、しきるのがお好きなこと！」

「きいて、マレフィセント。あたしはあんたを愛しているの！　むかしも今も。」

チューリップ姫とポッピンジェイ王子は、ふたりして、そっと朝の間からぬけだしました。

伝説の魔女とマレフィセントに親子の会話をさせるために。

15 奇妙な三姉妹の秘密

キルケの心は、乱れに乱れていました。

鏡越しに、マレフィセントから悲しい身の上をきかされた上、奇妙な三姉妹は、自分の姉ではなく母親だと告げられたのです。

乱れた心のまま、鏡の前を離れ、館の外に出ると、ひとりの女性が、浜辺を歩いてくるのが見えました。軽やかな黒いドレスの胸元には、いくつもの、りんごの刺繍。

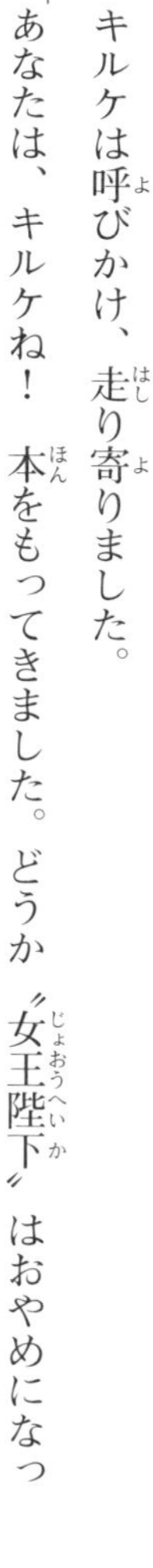

「白雪女王陛下！」

キルケは呼びかけ、走り寄りました。

「あなたは、キルケね！　本をもってきました。どうか〝女王陛下〟はおやめになっ

て。親戚ですもの。白雪と呼んでくださいな。」

美しい中年の女性になった白雪姫は、にっこりほほえむとつづけました。

「あなたが――野獣王子に呪いをかけた、あの魔女？」

「ええ、まあ……。」

キルケが恥ずかしさに目を伏せたとたん、

「なんと、すばらしい行い！　わたくし、あなたが大好きよ！」

白雪姫は顔を輝かせ、キルケの腕に自分の腕をからませると言いました。

ふたりは声を合わせて笑い、浜辺を崖のほうへ歩きつづけます。

「……あなたは、無口なほう？」

キルケがふときくと、白雪姫は首を横にふりました。

「いいえ、わたくしは母や娘たちとよく話しますわ。もちろん、夫とも。」

次の瞬間、キルケの耳に、白雪姫の心の声がきこえてきました。

（鏡の中の母が、いつも言うのよ。知らない人と親しくお話ししてはいけませんと。）

「それなら、安心して。わたしたち、もう親しくなったでしょ。」

「ほんとに、そうね！」

白雪姫が、ぱっと顔を輝かせます。するとキルケは、

「じつは、きいていただきたいことがあるの。」

ぽつんと言い、マレフィセントとの会話をすべて打ち明けました。

「……なるほど！　それで、あなたは迷っているのね。」

ふたりはさらに浜辺を歩いて、崖の上まで来ました。

「ちょっと待って。」

キルケはドレスのポケットから小さなポーチを取りだし、きらめく青色の粉をつまんで、白雪姫の手のひらにのせました。

「あちらの方向に向かって、吹いて。」

次の瞬間、あたりがきらめく青色の霧に包まれ、その向こうに奇妙な形の館が現れました。白雪姫はあっと小さな声を上げ、目をみはりました。

「まあ、驚いたこと！　急に出てくるんですもの！」

「ときどき、姿を隠すのよ。魔法の粉をかけると、姿を現すの。さあ、どうぞ。」

魔女の館に入った白雪姫は、さらに目をみはりました。広々としたキッチンと大きな丸窓。魔女の館が、こんなに居心地がいい場所だとは！　けれども窓の外の、一本のりんごの木を見るとまゆをひそめ、

「あれは？」

と、おずおずききました。キルケは思わず、くちびるをかみました。白雪姫につらい過去を思いださせるあの木を、隠しておくのを忘れたのです。

すると、白雪姫は、申し訳なさそうに言いました。

「幼いころ、あなたのお姉さまたちが、とつぜん父の城へやってきて、わたくしをいじめたことはご存じね。今でもときどき、夢でわたくしを追い回しますのよ。」

キルケはぎょっとしました。ここ数年、姉たちのわるさはますます激化し、キルケのところには、毎日のように苦情が舞い込んでいたのです。

「ごめんなさい。すぐにでもやめさせなくては。でも姉たちは今――。」

あわてるキルケに、白雪姫は、にっこり笑って言いました。

「わたくしこそ、取り乱してごめんなさい。わたくしね、自分には母が三人いると思っていますの。わたくしを産んですぐ亡くなった実の母。わたくしを愛し育ててくれた大好きな継母。そして、後にわたくしを殺そうとした継母。ふたりは同じ継母です。あなたのお姉さまたちにも、二つの面がおありになるのではないかしら。」

白雪姫はキルケに、城からもってきた三姉妹の本を手渡しました。

「さあ、どうぞ。お茶は、わたくしに入れさせて。呪文だの魔法だののことはわからないけれど、お茶の支度ぐらいはできますわ。」

キルケは白雪姫のやさしさに打たれ、すぐさま調べ物を始めました。

伝説の魔女はもちろん、自分で自分の身を守る力がありますが、たとえ護身のためであっても、マレフィセントを傷つけることはないでしょう。ですから、マレフィセントに危害を加えられることは、じゅうぶんありえるのです。

一刻も早くお城にもどって、伝説の魔女を守りたいと、キルケは思っていました。
でも、本は山のようにあります。白雪姫がお茶の支度を始めたとたん、キルケは思わず口走りました。

「ああ、どうしよう！　いったい、どこに、答えが書いてあるのかしら。」

白雪姫はキルケの横のゆかにすわり、きゃしゃな手をキルケの肩におきました。

「日誌はどう？　お姉さまたちは、マレフィセントの秘密をにぎっているかも。三人の日誌を読んで、マレフィセントに関する記述をさがしてみるのは？」

「そうね、ありがとう！」

キルケは、ぱっと顔を輝かせ、次の瞬間、つらそうにまゆをひそめました。

「どうしたの？　キルケ。」

白雪姫は心配そうにキルケの顔を見ると、

「もしかして……お姉さまたちを起こしていいかどうか、ためらっているの？」

と、そっと言いました。キルケはびっくりしました。

「なぜ、わかったの⁉」

「わたくしがあなたなら、迷(まよ)うからよ。家族(かぞく)ですもの、もちろんお姉(ねえ)さまたちを目(め)ざめさせたいわね。でもいっぽうで、あの三人(にん)を野放(のばな)しにするのは無責任(むせきにん)だと……。」

「それは、マレフィセントが言(い)う〝三人(にん)の秘密(ひみつ)〟を確(たし)かめるまで、決(き)められないわ。」

「しかもあなたは、お姉(ねえ)さまたちの口(くち)から直接(ちょくせつ)、その秘密(ひみつ)をききたいと思(おも)っている。」

白雪姫(しらゆきひめ)は、ポットにお湯(ゆ)を注(そそ)ぎました。

「それはどうかしら。ともかく解決法(かいけつほう)は一つだけ――本(ほん)をみつけることよ。」

そう言(い)うと、キルケはさっと手(て)をふり、暖炉(だんろ)に火(ひ)を起(お)こしました。

キルケが姉(あね)たちの魔術書(まじゅつしょ)を調(しら)べているあいだ、白雪姫(しらゆきひめ)はふたりがけのソファのすみにかけ、お茶(ちゃ)をすすりながら、物思(ものおも)いに沈(しず)んでいました。

（どういうこと？　わたくしは、お母(かあ)さまと離(はな)れて、ほっとしている。）

それは生(う)まれて初(はじ)めての経験(けいけん)でした。幼(おさな)いときから、白雪姫(しらゆきひめ)は常(つね)に誰(だれ)かの面倒(めんどう)をみなければならなかったのです。実の母が亡くなると、幼いながらに父を気遣い、父が戦で死んでからは継母を。そして継母からのがれて小人たちの家で暮らしていたときは、小人たちの面倒をみていました。子どもたちが小さいときには子どもたちの世話で手いっぱい。でも、それは姫にとって、大きなよろこびだったのです。

やがて子どもたちが成長して手を離れると、こんどは亡くなった継母が、絶えず姫の愛を求めてくるようになりました。老女王と呼ばれる継母グリムヒルデは、白雪姫の国に魔法をかけ、姫がいつも幸福に暮らせるよう、面倒をみてくれています。それはありがたいことでした。けれども今、こうして継母から離れてみると、じつは自分が継母の面倒をみていることに気づいたのです。毎日、継母を悲しませまいと気を遣い、継母が若かったとき、白雪姫にしたことを思いだして苦しまないよう気を遣う——それはとても疲れることでした。

いっぽうキルケは、白雪姫の心に浮かんだ考えをきくと、ふと思いました。

(もしわたしが姉さんたちを目ざめさせたら、どういうことになるかしら?)

　姉たちはなぜか白雪姫が大きらいです。三人はむかしから、しばしば、気まぐれに憎しみをふりまいていました。白雪姫の場合もそうだったのかもしれません。とはいえ、今も夢の中で追い回すときけば――。

（たぶん、ここにある日誌の中に、決断のヒントがあるはず。でもその前に。）

キルケは次々と魔術書を読みつづけ、はっと息をのみました。

「これだわ！　これがマレフィセントの言っていた呪文よ！」

「あったの!?　よかった。」

白雪姫はキルケに駆け寄りました。キルケは白雪姫をみつめました。

「ありがとう！　これですべての謎が解ける。姉たちがなぜ、どんどん奇妙になっていくのかも、わたしの魔力のことも――何もかも！」

「何が書いてあるの？　話して！　キルケ。」

白雪姫がキルケの手を取りました。そのとき、魔女の館がぐらりとゆれたのです。白雪姫は窓辺に駆け寄りました。家が空中に舞い上がり、雲の中を動いています。

「キルケ、どうなっているの？　あなたがやったの？」

「わたしじゃないわ。わたしにはわからない！　いいから、そこにすわって。」

キルケは白雪姫をソファにすわらせると、キッチンの大きな丸窓の前に走っていき、家がどの方向へ動いているかを確かめようとしました。この家が動くことは、数え切れないほど経験しています。姉たちは旅行をするのに、いつも家ごと移動していたからです。でもこんどは、なんということ！　家がひとりでに動きだしたのです。

白雪姫はソファのひじかけにしがみついています。キルケは、その横に腰をおろしました。

「安心して。姉たちとわたしはいつも、こんなふうに旅行していたのよ。」

「でも、行き先は？」

「それが――わからないの。」

と、キルケは答えました。

16 母たちと娘たち

お城の朝の間では、マレフィセントが伝説の魔女をにらみつけていました。

「あなたなんかに、わかってたまるものですか！　愛する母を焼き殺してしまったと思ったときの、わたしの気持ちが！」

伝説の魔女は一瞬、マレフィセントが逆上して、お城を焼きつくすのではないかと恐れました。マレフィセントは、すかさず、せせら笑いました。

「ご心配なく。わたしはあなたのだいじなチューリップ姫さまのお城を焼いたりはしないわ。今は、自分の力を自在に調節できるようになったのよ。」

伝説の魔女は、首を横にふると、マレフィセントをみつめました。

「マレフィセント、信じてちょうだい。あたしはあなたをさがしにさがした。でもみつからなかったの。愛する娘を失った母親の悲しみを、想像したことある？」

マレフィセントは、黄色い目をかっと、見開きました。

「わたしが生きていると知っても、なぜ迎えにこなかったの！　奇妙な三姉妹から、わたしをみつけたと言われたのに、あなたはわたしを放っておいた。あの暗く、荒れ果てた城の中に！　わたしは、あなたに見捨てられた。死んだも同じよ！」

「許してちょうだい。あたしは……こわかったの。あなたと向き合うのが。」

伝説の魔女は、涙をぬぐうとつづけました。

「奇妙な三姉妹は、あなたを見たとあたしに知らせた。それからだいぶ経ってから、オーロラ姫をあずかるのは誰かと、またあたしにたずねたの。生まれてすぐ城を離れなければならないオーロラには、世話してくれる者が必要だからと。」

「で、あなたはあの子を、三人の妖精に渡した！　わたしの娘を！」

「あなたの娘!?　それはどういうこと？」

伝説の魔女は思わずきき返しました。

「しらばくれないで！　一度でいいから、正直になったら。」

マレフィセントは叫ぶと、さらに言いつのりました。

「あなたはあの子を、わたしを大きらいだった、あの三人組に渡した！」

マレフィセントは、どんどん逆上し、声高にわめきたてます。

「青いドレスの妖精だっていたじゃない！　あの三人以外なら、誰でもよかった！」

伝説の魔女は身震いし、マレフィセントをなだめるように言いました。

「妖精学校の試験の日、あたしは未来を見たの。あの三人が、小さな姫君をかいがいしく世話している姿を。あの三人が、オーロラの世話係に決まったということをね。親元にいられない子の世話をするのは妖精の仕事。そして妖精の国の規則では、世話係になる順番は、けっして変えられない。一番の青いドレスの妖精は、小さな男の子の世話係に決まった。二番のフローラ、フォーナ、メリーウェザーは、オーロラの係になったの。それにね、マレフィセント、よく考えてみて。もしあなたが自分の娘だ

と言い張るオーロラに死の呪いをかけなければ、幼いオーロラが三人の妖精にあずけられることはなかったはず。」

「オベロンにたのんで係を替えてもらうこともできたでしょ！　自分の孫なんだから！」

マレフィセントはわめきました。伝説の魔女は、動転しました。

「あたしの〝孫〟？　あなたが、オーロラを生んだということ？　まさか！」

マレフィセントはまゆをひそめ、伝説の魔女をじっとみつめました。

「ふん、ほんとうに知らないようね。奇妙な三姉妹から、何もきいてないわけ？」

伝説の魔女もマレフィセントをみつめました。

「わたしの心を読もうとしても、だめよ。わたしの心は魔術で守られているからね。」

マレフィセントはせせら笑うとつづけました。

「あなたはわたしの心に踏み込んで、長年、わたしを支配してきた。でもいつか、こうして対決することも知っていたのよね。」

「対決？　あたしたちが？」

伝説の魔女は声を震わせて、つづけました。

「忘れないで、マレフィセント！　あたしはあなたの敵ではない。味方よ。」

「よくもぬけぬけと、そんなことが言えるわね。偽善者！　わたしがひとりで、どれほどつらく、さびしい生活を送ったか、知らないくせに！」

「そこまで言うなら、今ここで、すべて話しなさい。あなたの苦悩を、孤独を！」

伝説の魔女は厳しく言いました。マレフィセントが一瞬ひるみます。

「さあ、お願い。きかせて。」

伝説の魔女は、声をやわらげ、うながしました。

外では妖精の王オベロンが、耳をすましています。

（オベロンさま、どうか、娘の告白をきいてやってくださいませ。）

と、伝説の魔女は心から念じました。そして、それが、オベロンのさばきを少しでも、やわらげてくれますようにと。

17 マレフィセントの孤独

「わたしが『わが家』と呼ぶあの城でまずみつけたのは、冷たい石の玉座だった。」

マレフィセントは、低い声で語りだしました。

「城の中には小さな怪物どもが、うようよいたわ。彼らは、ドラゴンの姿をしたわたしに恐れをなし、物かげに隠れた。連れていたカラスたちと話をさせたところ、以前の城主におき去りにされたとわかった。わたしはこの怪物たちを手なずけ、手下にした。そしてドラゴンの姿のまま、ディアブロもオパールもいないカラスの群れと怪物たちとともに、暗い城で弱々しい心のまま、何年も後悔の日々を過ごしたの。

でも、今のわたしは違う。わたしは一度死に、別人になった。過去の感情は覚えて

いるわ。でも今、わたしの心には怒りと、娘を守らなければという思いしかない。」

マレフィセントはため息をつくと、言葉をつぎました。

「わたしは自分の力が恐ろしかった。妖精の国を一瞬で焦土と化し、愛する者をみな殺しにした怒りの力が。そこで、ドラゴンの姿のまま引きこもり、二度と腹をたてまいとした。ドラゴンに変身するには恐ろしい痛みをともなう。真の姿にもどるため、ふたたび変身を試みれば、あの耐えがたい激痛にさらされるはず。しかも元の自分にもどれるという保証はない。でも——でも、ドラゴンのままでいれば、ディアブロにもオパールにもみつけてもらえない。しかも将来、ドラゴン狩りが大好きなある王子と戦うはめになると、わかっていた。わたしは世界一孤独な魔女だった。

やがて孤独が、わたしを内部からむしばみだした。わたしは耐えきれず、ドラゴンの姿を捨てることにした。そして、以前とまったく同じ姿にもどると、ディアブロとオパールがわたしをみつけた。それでも孤独は去らず、ますます深くなるばかり。苦しさのあまりわたしは、あなたに拾われなければよかった、あなたに愛されなければよかったとさえ思った。それでも、わたしはあなたが恋しくてしかたなかった。わたしは孤独に耐え、魔術の修行と読書に励んだ……。

奇妙な三姉妹が、わたしをみつけたのは、そんなある日のことだったの。三姉妹があの火災を生き延び、わたしをみつけてくれたことはうれしかった。しかも奇妙な三姉妹は、わたしを責めるどころか、愛と思いやりで包んでくれた。そしてぜひいっしょに暮らそうとまで言ってくれた。当時の三人は、奇妙とは無縁の、とてもまともな魔女だった。」

マレフィセントは伝説の魔女をまっすぐみつめると、言いました。

「わたしは、十六歳の誕生日を祝いにやってきてくれたときから、あの三姉妹が大好きだった。こんな荒れ果てた暗い城を出て、三人の家にいっしょに住まわせてもらえたら、どんなに幸せか。でも、もしいつか、ふいに怒りが爆発して、三人を殺してしまったら？　そう思うと、とても申し出を受けることはできなかった。」

マレフィセントの顔色が緑から薄紫に変わりました。

「奇妙な三姉妹は、何度もやってきては、わたしを説得しようとしてくれた。力の加減のしかたなら、教えてあげるからと言って。

それでもわたしは断りつづけ、三人の訪問は間遠になっていった。

わたしは城から一歩も出ず、魔術の本を読みふけった。世間の情報も珍しい魔法も、カラスたちが集めては、運んできてくれた。すると、奇妙な三姉妹はカラスに伝言をたのむようになった。三人はどうやら、自分たちの冒険で忙しいようだった。

それからだいぶ時が経ったある日、三人がまた城を訪ねてきて、いっしょに暮らそうと熱心にさそってくれた。そのころから三人はまた変わりはじめたんだと思うの。

『ひとりぼっちのマレフィセント。愛してくれる者は誰もいない。あたしたちの家へ来なさい。あんたが生き残れる道はそれだけよ。』

三人は声をそろえて言った。でも、わたしは断った。

次もだいぶ経ってから、三人はまたやってきて、口々に言った。

『もし、あたしたちの家に来て——、』

『いっしょに住むのが、いやならば——、』
『あんたに娘をひとり、あげる。』
『あんたが愛を注ぐ娘。』
『あんたが面倒をみてあげる娘。』
『いつかは、面倒をみてもらうことになる娘をね！』
わたしはわくわくし、
『なんてすてきなの！　でもどうやって？』
ときいた。三人はくすくす笑って何も教えてくれない。やがてルシンダが言った。
『だいじょうぶよ、こわがらないで。この呪文は長年かけて練り上げたもの。』
『あたしたちの自信作よ。』
ルビーが言うと、マーサがつづけた。
『安心して。あたしたち、自分たちで使って成功したんだから。』
数週間後、わたしは奇妙な三姉妹の館に招かれた。三人はたまたま寄ったオパール

の足に、手紙を結びつけてよこしたの。手紙によれば、その魔術は、魔女の館でしかできないというの。わたしは数年ぶりに城から出て森を歩きだした。ごくかんたんな移動の魔術さえ、使うのが恐ろしかったから。

魔女の館は当時、妖精の国のはずれにあった。それほど遠くではないけれど、わたしはディアブロとオパールに、頭上を飛んで守ってくれるようたのんだわ。

奇妙な三姉妹の手紙には、わたしの城のもっと近くに館を停めるつもりだったけれど、何かに邪魔されてできなかったと書いてあった。きっと、わたしの前の城主が張ったバリアが残っていたのね。

森の中を歩きだすとすぐ、ものすごい憎しみの感情の固まりが迫ってくるのがわかった。〝森〟よ。次の瞬間、森は生き物のように動きだした。枝はひらひらと動き、幹にからみついていたつるが、ヘビのようにくねくねと、ものすごいスピードで、こちらへ突進してくる。つるのそれぞれに顔があった。長い手がわたしにつかみかかってくる。あっというまにつるが体のまわりにからみつき、木々に抱え込まれた。カラスたちがすばやく舞いおりて、木々を攻撃し、首や腕から一気に、つるをはぎとってくれた。でもすぐ、次のつるが、からみついてくる。

(ああ、これで死ねる。)

わたしは心の中でつぶやいた。そのとたん、

『マレフィセント。負けちゃだめ！ あんたの力を使うの！』

三姉妹の大声がきこえた。木々のあいだから、三人が天に向かって両手を広げるのが見え、同時にあたりがとつぜん暗くなった。

『さあ、これでいい。あんたの魔法を使うのよ！』

わたしは、わけもわからないうちに、自分の体がどんどん暖かくなるのを感じた。

わたしはいつか、ツリーハウスで、初めて移動の魔術を使ったとき、あなたが教えてくれたことを思いだした。あなたは、これから身の危険を感じるようなことがあったら、自分の愛する者の顔と場所を思い浮かべなさいと言った。そうすればたちまち、そこに移動すると。わたしは、まさしくあなたに言われたとおりにした。すると、

あっというまに、奇妙な三姉妹の館の玄関口に立っていた。森からのがれて――。

奇妙な三姉妹の館は、わたしの城とは、ぜんぜん違った。清潔で、温かくて、まるで妖精の国のあなたの家みたいだった。広々としたキッチンと、大きな窓もある。外には、カラスたちがゆっくりとまれる木まである。すると、

『マレフィセント、あたしたちのほうは、用意ができてる。いつでも始められるわ。でも最初に、この魔術の条件について納得してもらわないとね。』

と、ルシンダが言った。ルビーがつづけて言った。

『条件とはね、あんたが自分の一番いいところを差しだすこと。そうすれば、その子はほんとうにあんたの娘となる。それは、あんた自身。いい部分だけのあんた。』

奇妙な三姉妹はほほえんで、わたしをみつめた。

『この魔術が成功することは、証明されてる。そして、あんたにもあんたの娘にも、なんの危害も降りかからないと約束するわ。』

マーサが言い、ルシンダがつづけた。

『あんたは娘に、自分の一番いいところをすべてあたえることに同意する？』

わたしはうなずいた。

『ええ！　もちろん。わたしに、その赤ん坊をちょうだい！』

ルシンダはスカートのポケットから紫色の小袋を出し、その中から、血のように赤い粉をすくってまいた。きらめく赤い粉が、わたしのまわりを丸く取り囲み、奇妙な三姉妹が、円の内側に三角形を作って立った。わたしの前にルシンダ。ルビーとマーサがわたしの両横。魔法陣が輝きだし、ルシンダが呪文を唱えだした。

〝古今東西の神よ。じつは魔女なるこの妖精に、愛らしい娘をもたらしたまえ。〟

体が激しくゆれ、なんとも言えない感じがわたしを襲った。自分の中から何かが奪われていくのがわかる。三人がその呪文を唱えるたびに、また何かが奪われる。産みの苦しみというのは、きっとあのこと。やがてわたしは苦痛に耐えられなくなり、悲鳴を上げそうになり――次の瞬間、魔術は終わった。

暗闇から奇妙な三姉妹が、次々とわたしを呼ぶ声がきこえる。

そっと目を開けると、わたしの足元に、濃い紫の毛布に包まれた、美しい女の赤ん坊が横たわっていた。わたしの娘。でもわたしは、その子に愛を感じなかった。愛さなければいけないはずなのに。魔術が始まる前には、当然愛を感じるだろうと思っていたのに。でも、わたしは愛していない。自分の心にあるのは、この赤ん坊を守りたいということだけ。暗闇の中で、わたしは無意識に娘を抱き上げた。

『この子になんて名前をつけるつもり？　もう決めた？』

ルシンダの声がきこえた。

『オーロラにするわ。見て、この美しい目！　あけぼのの光のよう。』

と、わたしは言った。」

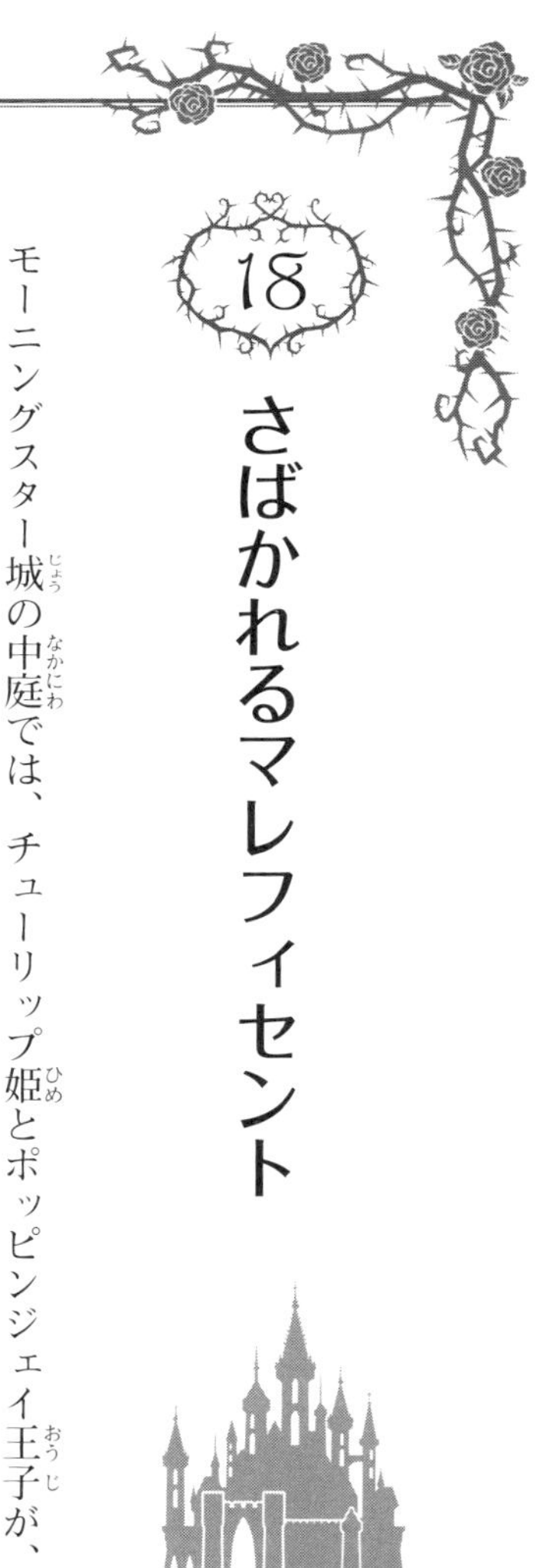

18 さばかれるマレフィセント

モーニングスター城の中庭では、チューリップ姫とポッピンジェイ王子が、妖精たちを待っています。中庭からは、砂浜が一望できます。崖の向こうでは木々の葉があやしくゆれ、太い幹にからみついたつるがヘビのように首をもたげています。

「まるで、こちらの様子をうかがっているみたいだな。」とポッピンジェイ王子。

「伝説の魔女が心配……。」

チューリップ姫がつぶやいたとたん、

「ご心配なさるな、姫君。」

よく響く低い声とともに、姫の心の中に、天をつくような巨木が姿を現しました。

「ああ！　オベロンさま。わたくし、伝説の魔女にいくつもの人生があったことなど、まったく知りませんでした。」

姫の言葉にオベロンは、からからと笑いました。

「子どもは、親にも人生があるとは思わぬものですからな。姫君の乳母は『伝説の魔女』と呼ばれる高位の妖精。あるときふと、この城に現れた……。」

「ええ、おっしゃるとおりですわ。伝説の魔女はわたくしを実の孫のように愛し、育ててくれました。わたくしも伝説の魔女を実の祖母のように愛し、頼りにしております。」

一瞬おいて、オベロンの声がまたきこえてきました。

「あなたと伝説の魔女は、互いに引かれ合ったのです。愛らしい姫君よ。この世で起きることには、すべて理由がある。伝説の魔女は姫君の乳母となってからずっと、自分が何者だったかを忘れておりました。ところが最近、自分の魔力を思いだし、さらには養女と対決することになった。それにももちろん、理由があるのです。」

「伝説の魔女は――だいじょうぶでしょうか？」

姫がたずねると、オベロンは、

「ご心配なさるな、姫君。伝説の魔女は強力な魔女。マレフィセントはそれを、よく承知しておる。しかもマレフィセントはこのたび、養母の助けを求めにきたのです。」

（どんな助けを？）

姫が目を丸くしたとたん、執事長が中庭に現れ、

「妖精の国より、フェアリー・ゴッドマザーさまと、三人の妖精がお着きです。」

と告げました。次の瞬間、

「お出迎えいただきまして、ありがとうございます、チューリップ姫さま。」

四人分の声がきこえ、ピンクのリボンを結んだ青いドレスのフェアリー・ゴッドマザーを先頭に、三人の妖精が入ってきました。

「わたくしどもの城へ、ようこそおいでくださいました。」

姫はフェアリー・ゴッドマザーに向かって、優雅に手を差し伸べ、

「みなさんは奇妙な三姉妹のことでおいでになったのですね？　こちらは隣国のポッピンジェイ王子でございます。」

と、王子を紹介しました。とたんにメリーウェザーが、

「ええ、知ってますとも！　おふたりのことは、いつも見ていますからね。」

姫の頭上で羽をひらひらさせたので、姫はたじろぎました。そして、

「ありがとう。でも、ご心配は無用です。わたくしには伝説の魔女とキルケがいますから。」

と、まゆをひそめて言いました。すると、

「キルケですって⁉　キルケがここにいるの？」

フローラとフォーナが姫の目の前に飛んできて騒ぎだしました。

姫がまたまゆをひそめると、フェアリー・ゴッドマザーがゆっくり言いました。

「わたくしたちは、キルケがあなたを救い、ベルを応援してくれたことに、心から感謝しております。そこでキルケにも〈願いをかなえる妖精〉のひとりになってもらお

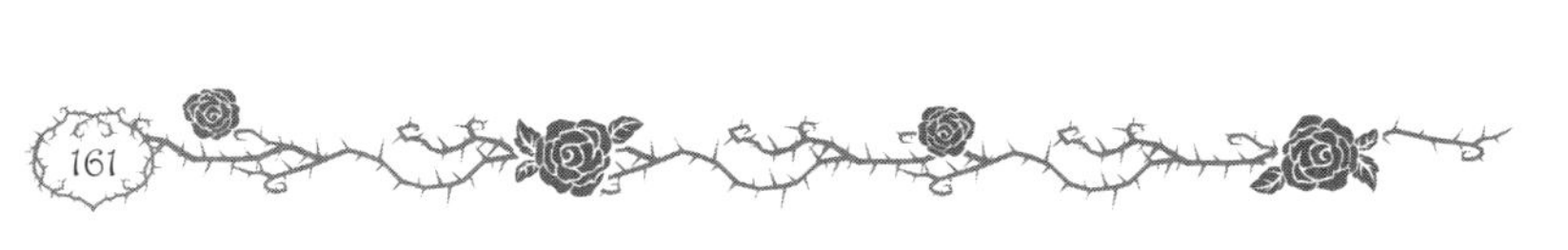

うかと、考えていたところなのです。」

チューリップ姫は美しい目をみはりました。

「よろしいの？　キルケは、奇妙な三姉妹の妹ですよ。」

「かまいませんとも。あの三人はわたくしたちの手で夢の国に追いやりましたので。」

フェアリー・ゴッドマザーは平然と言いました。チューリップ姫はかっとし、

「ではあれは、あなたが仕組んだことなのね！　キルケはわたくしども一家のたいせつな友人です。眠りからさめない三人の姉たちのことを、キルケは、それは心配しております。わたくしたち一家ももちろんでございますのよ！」

「それならご安心を。永久に眠ってしまったわけではありませんからね。」

メリーウェザーが言うと、フローラとフォーナがつづけました。

「奇妙な三姉妹は、アースラとの戦いで力を使い果たしました。」

「そこでしばらく、眠らせているだけ。そのほうがいいと思いましたのでね。」

「そのほうがいいとは、誰にとって、いいということ？」

チューリップ姫が問いつめると、

「もちろん、キルケのため。じつは、みんなのため、かしら。」

メリーウェザーが意地悪そうに言いました。とたんに、

「メリーウェザー！　でしゃばるな。口が過ぎるぞ！」

オベロンが厳しい声とともに、姿を現しました。

「まあ、オベロンさま！　お久しゅうございます。」

フェアリー・ゴッドマザーがスカートのすそをつまんでおじぎをし、

「オベロンさま！　オベロンさま！　オベロンさま！」

三人の妖精が、オベロンの大きな顔の前に舞い上がります。

「わしもおまえたちに会えてうれしいぞ。じゃが、三人とも落ち着け。問題は山積みじゃ。まず第一は奇妙な三姉妹のこと。おまえたちはわしの許可なく、あの三人を夢の国に送ったな。フェアリー・ゴッドマザー、わけを言ってみよ。」

「それは――あなたさまのお姿がみつからなかったからでございます。」

「なるほど。しかし、そなたにあの三人に罰をあたえる権限はないであろう！」

「おおせのとおり。でも三人は幼い白雪姫をいじめ、継母の心をさいなみました。」

フェアリー・ゴッドマザーが言い返すと、すかさず妖精たちが応援しました。

「それから三人は、野獣王子の森で、オオカミたちにベルを襲わせ――、」

「人魚姫のアリエルと父トリトンを亡き者にしようとたくらみました！」

すると、オベロンが言いました。

「わかった、わかっておる。では朝の間の様子を見てみようかの。」

お城の朝の間では、相変わらず、伝説の魔女がマレフィセントとにらみあっています。そのとき、伝説の魔女の心に、キルケの声がきこえました。

「……まあ、なんてこと！」

思わず息をのみました。

「どうしたの！　呪文がみつかったって？　こっちへ向かっているって？」

マレフィセントが、問いつめます。伝説の魔女は首を横にふりました。

「いいえ、キルケは来ませんよ。」

「来ない？　なぜ！」

「キルケは、来たくても来られないの。魔女の館が勝手に動きだしたから。」

マレフィセントはうろたえました。

「ああ、どうしよう！　あの子を眠らせておくには、三人の魔女の力が必要なのよ！

わたしと――あなたと――キルケの！　三人いなくちゃ、ぜったいむりなの！」

伝説の魔女は、マレフィセントをみつめました。

「マレフィセント、なぜあなたが、自分の娘に死の呪いをかけたか教えて。」

マレフィセントは黄色い目をかっと見開き、怒鳴りだしました。

「また、しらばくれて！　あなたは未来を見られる！　しかも運命を変えられる。

だったらなぜ、わたしを迎えにきて、善の方向に導いてくれなかったの！」

「ほんとうにそうよ、ごめんなさい。でも今は、あなたの娘を助けるのが先。オーロラをあの城の塔の上で、永遠に眠らせておくわけにはいかないでしょう！」

マレフィセントは目をみはりました。

「じゃ、ほんとうに知らないのね！　わたしは、あの子を目ざめさせられないのよ。」

そのとき、フェアリー・ゴッドマザーと三人の妖精が、朝の間に舞い込んできました。

オベロンは、窓の外にすっくと立ち、耳をすましています。

「なんてこと！　あんたがオーロラの生みの母だったの！」

「だいじな娘をわたしたちに取られて、さぞ悲しかったでしょう。」

「知らなかったの！　ごめんなさい。」

三人の妖精が口々に叫ぶと、

「あやまる必要はありません。オーロラを見殺しにはできなかったのですから。」

フェアリー・ゴッドマザーは、重々しく言いました。

フェアリー・ゴッドマザーの耳にオベロンの声がとどろきます。

「ではきくが、フェアリー・ゴッドマザーよ。そなたは、幼いマレフィセントを見殺しにしようとしたのではないか？」

（申し訳ございません！　心から反省いたします。）

フェアリー・ゴッドマザーがうなだれると、オベロンはさらに言いました。

「では、認めるか？　フェアリー・ゴッドマザーよ。マレフィセントが悪の女王となったのは、そなたが軽々しく口にした予言のせいであると。」

（はい、オベロンさま。）

「よろしい。これで、眠れるオーロラ姫を目ざめさせることは可能となった。マレフィセントも正しい道にもどるであろう。」

（さあ——それはどうでございましょう？）

フェアリー・ゴッドマザーは、心の中で言い返しました。

（生まれもった悪は、死んでも直らないと申します。）

19 巨木族

マレフィセントは黄色い目をつり上げました。

「裏切り者！　こいつらと組んで、わたしの秘密をききだしたわね！」

大声でわめくと、伝説の魔女に向かって魔杖をふり上げ、一気に部屋のすみまで吹き飛ばしました。次に魔杖でどんとゆかをつくと、恐ろしい音とともに、暖炉の中から緑の火が立ち上がり、伝説の魔女を飲み込もうとします。

フェアリー・ゴッドマザーは姉に駆け寄って抱き起こし、

「けがをしたくないなら、下がりなさい！」

マレフィセントに魔法の杖をつきつけて、叫びました。

「ふん！　よく言うこと！」

マレフィセントがせせら笑ったとたん、ぶ厚い窓ガラスが音をたてて割れ、巨大な木の枝が、マレフィセントをぐっとつかみました。

「何するの！　……オベロン！」

マレフィセントは叫びました。滝のようなガラスの破片をさけて、三人の妖精が魔法の杖をふり回しています。

「マレフィセントよ。おまえは大恩ある養母になんということをした！」

オベロンは、マレフィセントの腕をさらにしめ上げ、崖の上で待ち構えている森の木々に向かって投げました。とたんに巨木族の軍隊が姿を現し、速やかに後を追いかけます。巨木たちが地面を踏むたび、お城中ががたがたと震えます。

宙に投げられたマレフィセントは、体が火のように熱くなるのを感じました。

やがて、金切り声とともに緑の炎をはきだし、あたりの空気を燃やします。ドラゴンに変身したマレフィセントは空中で鋭く旋回すると、モーニングスター城へ取って

返しました。オベロンと残りの巨木族が、次々と巨岩を投げつけてきます。マレフィセントはすかさずオベロンの軍隊に炎を浴びせ、つばさを大きくはばたかせると、

「ディアブロ！　オパール！　カラス全員を集めて帰城！」

びゅうびゅう飛んでくる巨岩をよけながら叫びました。巨木と森の軍隊は、まだしつこく追ってきます。マレフィセントはぐわっと炎をはきました。ふと見ると、つばさから血が噴き出ています。マレフィセントは失速し、塔の残骸めがけて、吸い込まれるように落ちていきました。すかさず、森の木々がいっせいに襲いかかります。木々の枝が傷ついたつばさを打ちすえ、つるが口のまわりにからみつき、炎をはくこともできません。地鳴りのような音が耳に響きます。圧死はまぬがれないでしょう。

（いずれは踏みつぶされて死ぬ……もう……おしまいだ。）

そう思ったとたん、自分の体がどんどん小さくなっていくのを感じました。

ドラゴンから魔女の姿にもどったマレフィセントはすぐに制止の呪文を唱えました。

たちまち空がかき曇り、あたりが真っ暗になります。

ヘビのようにうごめいていたつるが凍りつくと、広い空間ができました。マレフィセントは全力でがれきの中からはいだすと、たけだけしく笑いました。

つるを折っては踏みつぶし、魔杖をふり上げて、木々をすべて焼き払いました。

オベロンはみわたす限りの焼け野原にひとりたたずみ、死した巨木やつるを抱きしめて号泣しました。

「わしは負けた。悪に負けた……。」

やがて、オベロンの涙でマレフィセントの怒りの火は消えました。

悪の女王マレフィセントは、暗闇の中、ゆうゆうと自分のお城へもどっていきました。

20 帰城

自分のお城にもどったマレフィセントは、

「ああ、なつかしのわが家……。」

と思わずつぶやきました。自分を裏切る運命だった者たちの助けを求めて、どれほど無駄な時間を費やしたことか！　伝説の魔女は信じられる――いや、自分以外の誰かを信じられると思ったのが、そもそもの間違いだったと、さとったのです。

マレフィセントは相変わらず孤独でした。自分の問題は自力で片づけなくてはと思いました。そしてまずは、フィリップ王子の問題に取りかかることにしたのです。

マレフィセントは薄暗い寝室で、鏡の前に立ちました。部屋を照らす明かりといえ

ば、暖炉の緑の炎だけです。炎が踊り、部屋の隅に、巨大な暖炉の脇に据えられた一対の、大きな石の怪物像のおぞましい影を落としています。この一対はともに、マレフィセントより二メートルほど背が高い彫像です。マレフィセントはふと、この一対は、かつて命をもっていたのかもしれないと思いました。ごくまれに、両方とも目が生きているように輝くのです。鏡の中から、マレフィセントの緑色の顔が、マレフィセント自身を見返しています。マレフィセントは身なりを整え、怒りをしずめようとしました。この戦いに勝つには、精神を研ぎすますことが必要です。マレフィセントは今や、フィリップ王子ばかりではなく、妖精の国のほとんど全員を相手にしなければならないのです。

「マレフィセント、お願いだから考え直して。まだ手遅れではないのだから。」

白雪姫の継母グリムヒルデが、鏡の中に現れると言いました。マレフィセントは老女王から目をそむけて、

「わが友グリムヒルデ。わたしはわが娘を生かしておくわけにはいかないの。あなた

にはけっしてわからないでしょうけれど。」

　グリムヒルデは一瞬、黙り込み、やがてこう言いました。

「わたくしには、わからない？　一度ならずわが娘を亡き者にしようとした、このわたくしに？　もしあなたの気持ちを理解できる者がいるなら、それはわたくしよ！　どうかきいて、マレフィセント。もしあなたがフィリップ王子を殺したら、あなた自身が死ぬことになるのよ！　それはわたくしの本に書いてあるわ。あなたの肉体が没した後、あなたが別の国に住めるかどうかは、わたくしには保証できないのよ！　今、あなたを守ってくれる、奇妙な三姉妹はいないのだから！」

　マレフィセントは自分の顔が怒りで燃えるように熱くなるのを感じました。

「その本には、すべての人のすべての運命が書かれているということ？　運命は前もって決まっているということ？　ならばなぜ、わたしたちはわざわざ生きる必要があるの？」

　グリムヒルデはため息をつきました。

「わたくしが、もう少し、なんとかしてあげられればいいのだけれど。あいにく、国外では力が思うように使えないの。」

グリムヒルデは、これ以上どうしようもないと思いました。友マレフィセントを正気にもどすための努力はすべてしつくしたのです。

「もしあなたが、どうしてもきょう、死ぬと言うなら、わたくしがあなたを大好きだったということを忘れないで。」

と、最後に言いました。マレフィセントの心は激しくゆれました。死んでしまったら、自分を愛し育ててくれた伝説の魔女や奇妙な三姉妹、娘、かつての自分と別れることになるのです。それでも、

「わかっているわ、グリムヒルデ。ありがとう。」

と言いました。

「まだ遅すぎることはないわ。」

グリムヒルデは、ここぞとばかりに言いました。

「フィリップ王子を解放すればいいの。妖精たちに、王子に魔法をかけるようたのみなさい。そうすれば王子は、あなたが何者かも、あなたに何をされたのかも忘れてしまう。あなたはみんなに感謝されるのよ。さあ、地下牢に行って、王子を解放しなさい。そうすれば、すべてめでたく終わるのだから。」

マレフィセントは黙って考え、ふいに顔をこわばらせました。そして、

「いやだわ。」

と、固い声で言い放ったのです。グリムヒルデはあわてました。

「なぜ？　なぜなの、マレフィセント？　プライドや怒りなどは、脇へおいて。これは伝説の魔女やほかの妖精たちのことだけではすまないの。あなたがみんなから裏切られたことは、わかっているわ。でもお願い。どうか怒りで身を滅ぼさないで。自分が傷ついたからといって、腹いせに自分の娘を殺すようなことをしてはだめ。それは復讐にはならない。自分を傷つけるだけ！　オーロラ姫を傷つけるだけよ！」

マレフィセントはいらだちました。なぜ誰も、自分がオーロラを殺したいのかをわ

かってくれないのだろう。わたしにとってはかんたん明瞭なことなのに、誰もそれがわからない。かつては親しかった者たちでさえ、見当もつかないのです。

奇妙な三姉妹だってわかってくれない、とマレフィセントは思いました。あの三人はオーロラ姫を目ざめさせておくことを望んでいた。そうすることで、自分たちが引き起こした厄災の中で満足を覚えたのだろうからと、マレフィセントは思いました。

そして、マレフィセントはつづけます。

「わたしはフィリップ王子を殺さなければならないのよ。わからないの？ 彼はオーロラの真実の愛の相手よ。あのふたりは婚約していることも知らず、恋に落ちてしまった。王子は自国で王位を継承することも捨て、オーロラへの愛に走った。もし王子がオーロラにキスすれば、オーロラは目ざめるわ！ あまりにもできすぎた話ではないかしら。何年も前にあらかじめ運命を決められていたふたりが、コマのように動くだけ。そしてもちろん、わたしも自分の役を演じてきた。愛し合うふたりを引き裂こうとする、悪の女王という運命を。でもそれはなぜ？ わたしがオーロラの誕生祝

いの席に招待されなかったから？　いいえ！　わたしの養母である伝説の魔女が、わたしを裏切り、わたしの娘をあのいやらしい妖精たちにくれてやったから、それでわたしは娘が十六歳の誕生日を迎えたときに殺したいと思ったと言うの？　いいえ！　そんなかんたんなことじゃないわ。平凡な理由なら山ほどみつかる。でも誰も真実を知らない。誰も、なぜわたしが娘を十六歳の誕生日まで安全に生かしておくことが必要だったかを知らないの！」

　マレフィセントは怒りに任せて、魔杖を激しく放り投げました。魔杖はゆかに落ち、大きな音をたてました。

「あなたは、なぜわたしがあの子の十六歳の誕生日を選んだと思う？　わたしは十六歳の誕生日に悪の魔力をえて、妖精の国を焼きつくした。わたしはそのとき、その魔力で愛する者たちのほとんどを殺すところだった。オーロラはたぶん、そろそろ魔女の素質を示しはじめているはず！　わたしはあの子に、自分のような苦しみを味わわせたくない。わたしはできれば、あの苦しみを味わいたくなかった。だからあの子

は、どうしても夢の国で眠らせておく必要があるの。」

老女王グリムヒルデは理解しました。グリムヒルデには、マレフィセントの気持ちが誰よりもよくわかったのです。だから、

「わたくしにはよくわかる。あなたに賛成するわ。」

と言いました。

「ほんとうに？　ほんとうにわかってくれるの？　グリムヒルデ。」

「ええ、わかりますとも。オーロラ姫が万一——万一だけれど、あなたのような魔力をもちあわせていると、もしあなたが思っているなら、あなたがあの子を守ろうと思うのは当然よ。ならば、あの子を目ざめさせてはいけない。たとえあなたの手でフィリップ王子の命を絶たなければならないとしても。」

「感謝するわ。やはりあなたは友だちよ、グリムヒルデ！」

「ならば行きなさい。あなたの娘を救いに！」

21 悪の女王

マレフィセントは、さっそく魔城の地下へ向かいました。
「重要な魔術を行うよ。それも、特別重要な魔術をね。」
ディアブロの羽をなでながらささやき、地下室の階段をおりました。
ディアブロがさっと舞い上がり、暗く長い廊下を飛んでいきます。
そのあとから、マレフィセントがしずしずと歩きだしました。
やがて、魔城の東の端にある地下牢に到着しました。
ディアブロがひさしのような岩棚の一つにとまります。
（わたしは悪の女王。愛する娘を守るには、その役を演じるしかない。）

マレフィセントは心の中でつぶやき、王子に声をかけました。

「どうしたの？　王子さま。元気がないわね。すばらしい未来が待っているのに。だってあなたは、すてきなおとぎ話の主人公になるのよ。ご覧なさい。」

魔杖の水晶玉の上でさっと手をふると、呪文を唱えました。

やがて、水晶玉の中に未来が映りました。百年後のある日、地下牢から解放された王子が、よぼよぼの姿で白馬にまたがり、ステファン城へ駆けつけ——眠りつづける姫を真実の愛のキスで目ざめさせる姿が。

（百年後！　これなら王子を殺さず、オーロラを幸せにし、自分も生き延びられる。）

マレフィセントは、にんまり笑いました。

「では行こう、ディアブロ。今夜は十六年ぶりに、よく眠れそうだ。」

地下牢の扉をうしろ手にしめると、ディアブロを肩から飛びたたせ、そのまま塔の外階段をのぼりはじめます。

やがて、塔の展望室にのぼったマレフィセントは、魔杖をふってステファン城の塔

の上に眠るオーロラ姫の姿を映しだして確かめると、

「部屋にもどって、鏡の中のグリムヒルデにこの計画を伝えよう。」

と、満足そうに、つぶやきました。

そのとき、塔の入り口から、ディアブロの悲鳴と剣をふり回す音、そして手下の怪物たちのわめき声がきこえてきたのです。

「おろか者どもめが。また、けんかか！」

急いで階段をおりたマレフィセントは、あっと声を上げました。

「ディアブロが！　わたしのディアブロが！」

ディアブロが、なんと石に変えられています。

マレフィセントには、それが誰のしわざか、すぐわかりました。

22 マレフィセントの最期

そのころ、オーロラ姫は、とまどっていました。

（なぜ、この人たちは、わたしにたのむの？　自分たちで言えばいいのに。）

奇妙な三姉妹がさっそく、口々に答えました。

「それはね、オーロラちゃん。これがあんたの夢だから。」

「あたしたちはあんたの夢の部屋に入り込んだの。あんたの鏡を使うためにねえ。」

「さあ、鏡に言って！『キルケを見せて！』と！」

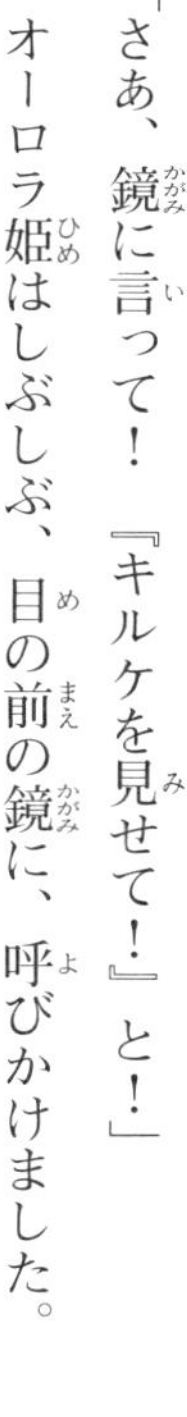

オーロラ姫はしぶしぶ、目の前の鏡に、呼びかけました。

「キルケを見せて！」

次の瞬間、部屋中の鏡にさまざまな姿のキルケが映りだしました。

「ほら見て！　あの子、あたしたちの本を読みあさってる！」

「さがしてるのよ！　あの呪文を。」

「ちょっと、ちょっと、ちょっと！　あのおぞましい白雪姫も、いっしょにいる！」

すると、とつぜんすべての画面が変わりました。

「あらら？　これ、マレフィセントじゃない？」

「なぜ映像を変えたのよお！」

「あたしたちはキルケを見せてって、たのんだの。」

「あああ！　巨木族がマレフィセントを攻撃してる！」

「だいじょうぶ、マレフィセントはこんなことで死にゃしないわ！」

「でもほら、あのフィリップが、妖精に鎖をはずされ、地下牢を脱出したわよ。」

マレフィセントは魔杖をふり、ステファン城を、呪いのいばらで囲みました。

「ようし、マレフィセント、やれ、やれ！」

マーサとルビーが、手を取り合って叫びます。

けれども王子は、剣でいばらを切り倒し、切り倒し、ステファン城をめざします。

「油断は禁物。王子の後ろにはあの妖精どもがついているからね！」

ルシンダはそう言うと、ポケットから小型の鎌を出し、手のひらに当てました。

小さな真っ白い手のひらから、真っ赤な血が、どくどくと噴きだします。

マーサとルビーがつづいて、鎌を受け取りました。三人は血ぬれた手のひらを鏡に当て、何やら呪文を唱えはじめます。オーロラ姫は目を丸くしました。

やがて奇妙な三姉妹の心に、マレフィセントの心の声がきこえてきました。

(結局はこうなるの。わたしは悪の女王。幼いときからそう運命づけられていた。)

三人の心に、十六歳の誕生日のマレフィセントと自分たちの姿が浮かびます。

「みんな、若かった！」

「あたしたちは、あの子の幸せを――、」

「せいいっぱい、祈ったのよ！」

けれども三人には、わかっていたのです。いつか、この日が来ると。マレフィセントが悪の道に進んだのは、フェアリー・ゴッドマザーの心ない予言がきっかけです。けれども自分たちの罪はもっと深いと、三人は知っていました。

そのとき、オーロラ姫が恐ろしい悲鳴を上げました。

城の跳ね橋の上で、白馬に乗ったフィリップ王子と緑の炎をまとったマレフィセントが一騎打ちを繰り広げています。オーロラ姫がまた悲鳴を上げました。

「子どもは寝てろ！　夢の国で眠ってろ！」

三人が声をそろえて叫びます。次の瞬間、マーサがあっと声を上げました。

マレフィセントが呼んだ黒雲が、ステファン城を包みだしたのです。

奇妙な三姉妹はぼろぼろの赤いドレスとひび割れた陶器のような肌を血まみれにし、激しく震えだしました。ルビーとマーサがあいついで倒れます。

ひとりたたずむルシンダの目の前で、マレフィセントの体がどんどんふくれ、巨大なドラゴンに変身します。ルシンダの心にマレフィセントの声がきこえてきました。

〈気分は最高！　わたしは〈悪の女王〉！　王子を殺し、娘を守る！〉
ぐわっと巨大な口をあけ、緑の炎をはきながら、王子に襲いかかります。
王子の盾があっというまに、吹き飛びました。三人の妖精があわてて飛んでくると、
「真実の剣よ、速く飛べ。悪を滅ぼし、善に勝利を！」
声をそろえて叫びました。王子はドラゴンの心臓めがけて剣を投げつけました。
きえええええ！
胸に剣を受けたドラゴンは、痛切な悲鳴とともに、空中を落ちていきました。
呪いのいばらは消え、ステファン城が姿を現します。
王子は城の塔を駆けのぼっていきます。オーロラ姫に真実のキスをするために。
間もなく、姫は目ざめ、お城中の人々が眠りからさめるでしょう。
そして、音楽が鳴り響き、愛し合うふたりのダンスが始まるのです。
深い谷底には、王子が剣をつきたてた、黒いマントが残っているだけです。

23
おとぎ話のつづき

移動中の魔女の館で、キルケは手鏡を取り上げました。

鏡の中は真っ暗。誰も姿を見せません。夢の国で、オーロラ姫が鏡の中にキルケを呼びだしてから、すべての調子が乱れているのです。キルケはため息をつき、

「ねえ、白雪姫。あなたのおとぎ話の本を見せてくださる？」

とたのみました。

「ええ、もちろん。」

白雪姫から本を受け取ると、さっそくページを、次々とめくっていきます。

「これよ！　この呪文でオーロラの力を封じられるわ。」

キルケは、白雪姫と手をつなぎ、奇妙な三姉妹の部屋へ向かいました。

これから何が起こるのか、キルケには、想像もつきません。

自分を作りだした三人の姉たちには、どんな運命が待っているのか？

三人を目ざめさせるべきかどうかさえ、決めかねているのです。

キルケはまた、ため息をつき、すぐに顔を上げました。

（でもだいじょうぶ。わたしはもう、ひとりではないから。）

そう、キルケには今、白雪姫という頼もしい友だちがいるのです。

キルケは、姉たちの部屋のドアノブに手をかけました。

「まずはオーロラの魔力を止める。そして、この館をモーニングスター城にもどすわ。」

「がんばって。あなたなら、ぜったいできるわ！」

白雪姫が、にっこりほほえみました。


（『みんなが知らないラプンツェル　ゴーテル　ママはいちばんの味方（仮）』〈2018年11月発売予定〉につづく。）

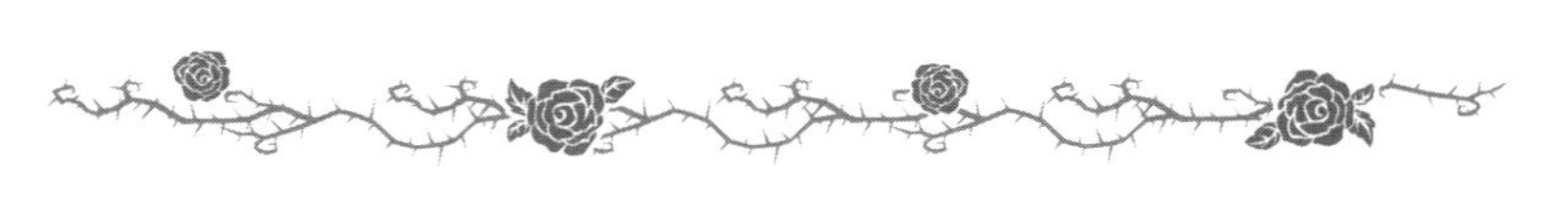

訳者より

謎・謎・謎――それでも愛は枯れない

マレフィセントは、ウォルト・ディズニーが１９５９年公開のアニメーション映画『眠れる森の美女』に初めて登場させた悪役です。アニメではオーロラ姫に死の呪いをかける邪悪な魔女ですが、生まれは小さな、捨て子の妖精だったんですね。

しかも、とても優秀で、いいところを、いっぱいもっている妖精。

ところが、姿が妖精らしくないというだけで、ほかの妖精たちからのけ者にされ、かたくなになっていきます。幼いときから、常に愛を望みつづけてきたマレフィセントは、裏切られ、裏切られ、傷つき、絶望して、ついに悪の女王となり――。

そんな自分に満足し、娘を守るため、王子との一騎打ちにのぞむのです。

まさしく最高の悪役！　わたしは、マレフィセントの大ファンになりました。

ただ一つ残念なのは、彼女が娘を愛していないと思い込んでいたことです。魔術で娘を授かったマレフィセントは、自分の中の一番いいところをすべて差しだしたはずでした。でも一片の愛は残り、どんどん強くなっていったのです。

愛は枯れることのない泉。だからこそ一番いいもの。生きる頼りとなるもの。

もっと生きていたら、マレフィセントは、それに気づいたでしょうか？

いえ、マレフィセントはほんとうに死んだのかしら？

あの消え方と、何より奇妙な三姉妹の予言の本を考えれば……。

さて、あなたのご意見はどうでしょう？

そして、夢の国にいる奇妙な三姉妹のこれからは？

謎・謎・謎のこの巻。いくつかのヒントは、シリーズ次巻にありそうです。

『みんなが知らないラプンツェル　ゴーテル　ママはいちばんの味方（仮）』をどうぞお楽しみに！


（岡田好恵）

講談社KK文庫　A22-21

Disney
みんなが知らない 眠れる森の美女
カラスの子ども　マレフィセント

2018年8月29日　第1刷発行
2021年2月 2 日　第8刷発行

著／セレナ・ヴァレンティーノ Serena Valentino
訳／岡田好惠
編集協力／駒田文子
デザイン／横山よしみ

発行者／渡瀬昌彦
発行所／株式会社講談社
〒112-8001　東京都文京区音羽2-12-21
編集　☎03-5395-3142
販売　☎03-5395-3625
業務　☎03-5395-3615

印刷所／凸版印刷株式会社
製本所／株式会社国宝社
本文データ制作／講談社デジタル製作

©2018 Disney
ISBN978-4-06-511915-0
N.D.C.933 191p 18cm Printed in Japan

落丁本・乱丁本は購入書店名を明記のうえ、小社業務あてにお送りください。送料小社負担にておとりかえいたします。内容についてのお問い合わせは、海外キャラクター編集あてにお願いいたします。本書のコピー、スキャン、デジタル化等の無断複製は著作権法上での例外を除き禁じられています。本書を代行業者等の第三者に依頼してスキャンやデジタル化することは、たとえ個人や家庭内の利用でも著作権法違反です。

定価はカバーに表示してあります。